「あぁッ……」
強い快感に呑
なる。（本文より抜粋）

DARIA BUNKO

淫心 -身代わりオメガは愛に濡れる-

高月紅葉

ILLUSTRATION 笠井あゆみ

ILLUSTRATION
笠井あゆみ

CONTENTS

淫心 -身代わりオメガは愛に濡れる-

【1】

ゼファ・ガバルシュビツは、エアテリエ国の王位継承者であった。

かつての話だ。第一次性徴にオメガの兆（きざ）しが現れると、実父の国王によって継承権を剥奪され、王宮に住むことも許されなかった。

それからゆうに十数年が過ぎ、窓辺に置かれた長椅子の上で、片膝（かたひざ）を抱き寄せている。絹のガウンは波を打って乱れ、透き通るようになめらかな肌があらわになった。

たどる指先の爪は薄紅の硝子細工（がらすざいく）に似て、膝へと近づけた頬（ほほ）のそばを、長い栗色（くりいろ）の毛束がすべり流れる。花の香が漂い、ゼファは無感動に窓の外へ目を向けた。

イルリ・ローネ国の後宮は、夜の闇に沈んでいる。どこもかしこもひっそりと静まり返り、ひたひたと刻（とき）が過ぎていく。

悲しみはなかった。ただひたすらに、我が身の運命を眺め、小さな希望に命を繋（つな）いでいる。

薄紅色のくちびるを引き結び、明日のことを考えた。夜が終わって陽が差せば、窓の向こうには、瑞々（みずみず）しい季節の庭が浮かび上がる。

小鳥は細い声で愛らしくさえずり合い、朝露（あさつゆ）がきらめくだろう。今朝と変わらぬ光景であれと願う心は、ひたひたと押し寄せる不安に、いともたやすく呑（の）み込まれた。

変わらぬ朝が来るだろうか。

果たして、そうであろうか。

ゼファのくちびるがわずかに開き、ため息が転がり落ちる。すべては繰り言だ。まやかしのような物思いに過ぎない。柔らかくしなやかな髪を耳にかけ、窓から部屋の中へと視線を移した。これまでの質素な暮らしとは比べものにならない豪華さだ。広々とした空間に大きな寝台が置かれ、彫刻の美しい丸卓と椅子。衣装箱に鏡台。草色の壁紙には、流れるように美しい蔓草の模様が描かれている。

扉を叩く音に気づいたゼファは長椅子から素早く立ち上がった。

部屋の中央へ移動して、織りの細やかな敷物に片膝をつく。

顔を伏せると、扉の開く気配がした。侍女たちが入ってきて、扉を押さえる。長い裾が揺らめいたのが視界の端に見え、硬い靴音が響いた。

磨きあげられた靴は、なめした革で縫われている。大きな足だ。

ゼファの前で止まり、扉のそばに控えた侍女のひとりが、朗々と声をあげた。

「エドラント・ラキム・マルシュキン国王の、お渡りにございます」

夜の静寂が、しんと冷えた。

初夏の風は、後宮の窓の外にのみ、吹いている。

部屋の中は重苦しい雰囲気だ。ゼファは息を潜め、宮殿を支配する男の足元を見つめる。

後宮の侍女から教えられた作法通り、膝の上に重ねた両手へ額を押し当てて声を発した。

「お初にお目にかかります。『リルカシュ』と申します。どうぞ、ご随意にお引き立てくださいませ」

名を偽るゼファの声がわずかに震えた。

今夜、ここで控えているのは、齢九つの美少女でなければならない。別人であることはひと目でわかるはずだった。

「おもてを上げよ」

威厳に満ちた青年王の声は、想像よりも澄み、真夏に吹く、甘い南風のようだ。

それだけで肌がなぶられた心地がして、ゼファは両肩を引き上げて顔を向けた。行儀良く目を伏せ、あごをややそらす。長いまつげが白皙の頬に影を伸ばした。

「悪くはないな」

エドラントが言うと、侍女が残らず出ていき、扉が閉まる。

ふたりきりになり、ゼファはいよいよ緊張した。九歳の美少女でないどころか、性別すら違うのだ。なにを言われ、なにをされるのか、想像もつかない。

しかし、切り抜けなければならなかった。

「エアテリエのオメガは、おまえで十人目だ」

手近な椅子を引き寄せたエドラントが足を組んで座った。

「すべて駆け引きに使ってしまったと聞いていたが、まだ価値のある者が残っていたらしい。

しかし、聞いていたよりも年増が来たな」

年増とは、ずいぶん失礼な物言いだ。ゼファは二十二歳、エドラントは二十六歳。ふたりの年齢は四つしか違わない。

エドラントはわざと神経を逆撫(さかな)でする言葉を選び、冷淡な瞳でゼファの反応を見ている。

「平民の出か？」

「一族は貴族の傍流です。前王の政策を逃れるため、屋敷から出たことは一度もありません」

ゼファは嘘(うそ)をついた。

「出生の知らせは何年遅れて出したんだ。どう見ても九つではないな」

からかうような笑い声をこぼしたエドラントが、悠然(ゆうぜん)とした態度で話を続ける。

「子どもを閨(ねや)に引き込む趣味はないとはいえ……、さて、どうしたものか。おまえにも子守歌を歌ってやるべきか？　……歳は？」

尋ねられ、ゼファは正直に答えた。

「今年で二十二になります」

「行き遅れたな。それとも、出戻りか」

女性オメガであれば、結婚の適齢期はとうに過ぎている年齢だ。

視線の先で、エドラントの手が優雅に動き、立ち上がるように促される。

おとなしく従ったゼファだったが、緊張のあまり、足元がふらついてしまう。椅子に座ったままの王の手がサッと伸び、ガウンを着た肘が掴まれる。

息を呑んで向けた視線が、澄んだ眼差しにからめとられ、抵抗する間もなく腰へ腕が回った。

エドラントの表情が瞬時に歪む。そこへ軽蔑の色が混ざった。

「なるほど。そういうわけか。男性オメガだな。それとも、オメガですらないのか？」

問われたゼファは答えない。毅然とした態度で見つめ返した。

ここで引けば、すべてが水の泡だ。

「オメガであることに間違いはありません。しかし、エアテリエにはもう年頃の女性オメガはおりません……。どうぞ、ご理解ください……」

「理解か……。騙したそちらと、知っていながら受け入れたこちらと。どちらもいいかげんなものだな。……本物のリルカシュ姫は、屋敷の奥か。それとも、新しい王へ輿入れするのか」

エドラントが椅子から立ち上がる。

ガウンを着ていても逞しさがわかる広い肩と、分厚い胸元。背が高く、黒髪が這う首筋からは男の色気が匂い立つ。頬も精悍に引き締まっている。瞳は生命力に満ち、彫りの深い目元すらも理知的で涼やかに凛々しい。『淫心の王』と呼ばれるにふさわしい青年王だ。

立ち居振る舞いに漂う独特の艶に目を奪われ、『淫心の王』はおろか、年頃のアルファと会うことも初めてのゼファは、彼の呼び名に納得した。

アルファは性欲が強く、つがいが決まるまでは多くと交わる。そうして、自分に合ったつがいを選ぶのだ。一般的なアルファに対しては『多情』であると表現されるが、王位に即く者に対しては畏敬の念を込めて『淫心』の語句が使用される。

強い性欲は繁栄の証しだ。王にふさわしいアルファであればあるほど、つがいの決定には時間がかかる。そうして、イルリ・ローネの『淫心の王』は、後宮入りするオメガを次から次へと抱いては、だれひとり選ぶことなく里下がりさせてしまう。それが、まことしやかに流れる噂の一端だ。

書類上の年齢と異なるゼファが後宮入りできたのは、つがいも正妃も持たない青年王の性生活を少しでも満たしてやろうとする王国議会の配慮であり、身元さえ確かなら、男でも女でもよかったのだ。

「慈悲でおまえを抱いて、私に得があるとでも言うのか。未通のオメガも珍しくもない。ここへやってくるオメガは、すべて処女に決まっているからな。……だから、私が『道』をつけて返す」

事もなげに言って、エドラントが短く笑う。『道をつける』とは、処女を喪失させる意味の隠語だ。書物で読んだ覚えがゼファにもあった。

腰裏の奥深くに潜んだ器官にアルファの精を受け、オメガは初めて『道がつく』。ヒートが起こるようになり、女ならず男でも、オメガの器官で子を宿すようになるのだ。

「『淫心の王』のお手つきであれば、結納金は倍にも跳ね上がる。いい商売だろう」

エドラントの発言の裏にある自虐に気づかず、ゼファは首を傾げた。

後宮入りする男女は処女であることが前提条件だ。そして、王に処女を捧げたオメガは里下がりのあとの縁談も豊富だと聞く。しかし、ゼファには、なぜ『いい商売』になるのかまでは理解できなかった。手に入る書物はどれも古く、内容にも偏りがあるせいだ。

「わからないのか。屋敷の奥に隠されていたとしても、ずいぶんと『世間知らず』だな」

冷たい眼差しを向けてくるエドラントの指が、ゼファのあご先をかすめて動く。

「真正面から約定を破るとは、我が国も甘く見られている……。それとも、侮られているのは、この私か」

「追い返しますか。それとも……」

このまま、手をつけるのか。ゼファの運命も、この瞬間に決する。

「エアテリエは貴族の姫を差し出したつもりでいるのだろう。こちらも貴族の姫を迎えたつもりでいる。剥いてみたら男だったと、返品するわけにもいくまい。それとも……私に取り入るつもりで来たのか？　ならば、なおさら、あきらめることだ」

寵姫となるには力不足だと言いたげなエドラントの指が、ゼファのあご先を掴んだ。瞬間、びりっとした痺れが走り、短く息を吸い込んだゼファは相手の瞳を探り見た。

「そんなことは、考えていません」

首を振って答えながら、無意識に怯えてしまう。

まだ動物的発情（ヒート）を迎えるに至っていない無垢（むく）な身体が、エドラントの強烈なアルファ性に揺さぶられていた。

しかし、その状態の本当の意味には気づくことができない。ゼファの知識は耳学問だ。古い書物の丸覚えでしかなかった。だから、自分の中のオメガ性が、アルファを求めているとは考えもしない。

「ならば、いい」

ゼファのあご先を掴んだまま、悠然と微笑（ほほえ）んだエドラントは、もう片方の手を下方へとすべらせた。

「どちらにしても、おまえは貢（みつ）ぎ物（もの）だ。エアテリエの男性オメガは、ずいぶん昔に抱いたきりだが……。比べてやろう」

腰紐（こしひも）をぐいと引かれ、ゼファは身をよじった。

「夜伽（よとぎ）に作法はない」

性交に慣れた男は、乾いた声で言う。

「両足を開いて転がっていれば、快感は向こうからやってくる。それとも、くちづけから始めて欲しいのか？」

無知をからかうような笑みを浮かべたエドラントの大きな手のひらが、ゼファの細い首筋を撫でて動く。首の裏を引かれ、ゼファはわずかに身を震わせ、たじろいだ。

胸が痛み、気が遠くなる。落ちぶれても、忘れられていても、ゼファはエアテリエの第一王子だ。その矜持は失っていなかった。失っていないからこそ、こんなところで少女の身代わりを演じているのだ。

どんなことが起こっても、あの館で無為に年老いていくよりはましだと、急激に湧き起こった苦痛に耐えて思い直す。

踏み込まれ、くちびるに息がかかった。とっさに両手で胸を押し返したが、抵抗する間もなく息が奪われ、めまいに襲われる。

「……ッ」

それが、ゼファの、初めて知るくちづけだった。

＊＊＊

エアテリエは、農耕を主な産業とした小さな国だ。険しい山々に囲まれ、領土の大半は平野で、寒暖の差が激しい。人々の気性は牧歌的だった。アルファ・ベータ・オメガに分かれる『第二の性』への差別意識もなく、王位継承権は男子優先を第一義として、すべての性に与えられてきた。

そのしきたりを変えたのは、ゼファの父だ。オメガ正妃だったゼファの母が密通したと疑い、オメガを憎んだ結果の独裁により、オメガを排除する新たな法律を制定させた。

反対する者はすべて失脚し、王国議会さえもが破綻するに至ったのだ。

国中の、つがいを持たないオメガが召し上げられ、他国へ引き渡された。エアテリエは、男性オメガでさえ、女性のようにたおやかで麗しいことで名高く、各所の取引を優位に進めるための貢ぎ物として安易に利用されたのだ。

それは王族であろうが貴族であろうが容赦なく行われた。エアテリエで暮らすアルファはつがいを表へ出さないようになり、オメガと判明した子どもたちもまた隠される結果となった。

第一王子として生まれたゼファは、オメガであることを理由に継承権を剥奪され、たったひとりで辺境の地にある古びた館へ押し込められた。

文字通りの『ひとり』だ。捨てられたと言い換えても問題はない。土地を治める貴族に保護されなければ、飢えて死んでいただろう。幾日か経ち、王宮で遊び相手を務めていた十歳ほど年上のローマン・ベルフが、ゼファの行方を捜し出して駆けつけた。

辺境の地での生活が始まって、十数年。父である現王が急逝したとの知らせが貴族からもたらされると、ローマンは急ぎ、ゼファの迎えを求めて王都へ赴いた。

そこで起こったことを、ゼファは詳しく知らない。ローマンも説明しなかった。

はっきりしていたことは、腹違いの弟でアルファのアテームがすでに王位を継ぎ、ゼファは忘れ去られていたという現実だ。

王宮へ入ることもできなかったローマンはツテを探し求めたが、アテームの後見人を務めるドレイム・ルータイの息子・エジェニーと面会するのがやっとで戻ってきた。

その数日後のことだ。

ゼファの前には、後見人の使いとして、従兄弟のパヴェル・ラズキンが立っていた。

最後に会ったのは、ゼファがまだ王宮にいた頃だったが、彼の印象は記憶の中の姿と変わらない。細面の華奢な男で、幼いときは少女のようだった顔立ちも端正なままだ。長い髪を肩で切り揃え、薄い茶色の旅装に身を包んでいた。

「こんなところに身を隠していたとは知らなかった」

再会の挨拶を交わしたパヴェルに言われ、ゼファは答えずに首を傾げた。長く伸ばした髪は、肩へと編みおろしている。

身を隠していたわけではなく、うち捨てられていたのだが、なにを言っても恨み言に取られると懸念して口を閉ざす。だれに聞かれてもかまわないが、パヴェルに憐れみを向けられるのは避けたかった。

パヴェルを応接室へ招き入れると、見知った少女が続く。ゼファの前で足を止めて行儀良くお辞儀をしたのは、辺境の地を治める貴族の娘・リルカシュだ。

ようやく九つになったばかりの姫君だが、この土地は貧しく、貴族とは名ばかりで、王都周辺に暮らす少女のきらびやかさはない。貴族の懐事情も村の豪商と同等で、リルカシュもまた、笑うと頬が林檎のように紅潮して愛らしい村娘のようだった。

訪問者のいないゼファの館へこっそりとやってきては、一緒に花を育て、レースを編み、異国の事情が書かれた古い書物で文字を学んだ。

リルカシュは幼い妹のようであり、心通わせた友人でもある。

その少女が、その日に限ってはゼファを見るなり涙をこぼした。パヴェルに促されて長椅子へ座ってもまだ泣き続けている。

部屋の隅に控えていたローマンが外へ連れ出そうとしたが、パヴェルに止められた。

「彼女に関わることだから、同席させてやって欲しい」

そう言うと、手入れの行き届かない応接室をぐるりと見渡して、ため息をつく。

「想像もできない暮らしだな」

ゼファの身の上を完全に理解した声色でつぶやき、表情を引き締めた。

「国の現状は、ここまで届かないだろう。エアテリエはいま、窮地に陥っている」

知っているかと問う視線を、ゼファは黙って受け止める。パヴェルは答えを待たずに、ふたたび口を開いた。

「前王は、三国同盟を解消しようとしていたんだ。ミスカギートを裏切り、その向こうの、ある国と手を結ぶところだった。……だからいま、王宮は大騒ぎだよ。わかるだろう。この十数年の独裁で、王宮議会は、まるで機能していないんだ」

エアテリエ、イルリ・ローネ、そしてミスカギートの三国は、絶妙なバランスを持って、同盟を結んでいる。エアテリエと、その三倍の大きさのイルリ・ローネは、壁のようにそそり立つ山脈に抱きかかえられる形で隣り合わせていた。両国それぞれに残された、もうひとつの国境は、大国ミスカギートと接している。

ミスカギートの向こう側には大陸があり、領土を争う戦いは途切れることがない。

軍事国家であるミスカギートは、食料をエアテリエに、武器の製造をイルリ・ローネに頼っているが、その国力の差は比べられないほど大きかった。

ミスカギートがその気になれば、エアテリエの領土は一瞬で火の海になってしまう。

「それは……」

つぶやいたゼファは、肩越しにちらりとローマンを見た。筋骨逞しい身体は微塵も動かなかったが、驚いていることは太い眉の震えに見て取れた。

ふたりはなにも知らなかったのだ。ここへは情報が届かない。

時間の流れさえ、王都とは異なっているだろう。

「まさか、戦争になるのか」

身を乗り出すと、パヴェルは左右に首を振った。

「そうならないよう、後見人を中心にして手を打っているところだ。つまり……、この騒動が収まらない限り、きみは戻れないよ」

パヴェルの表情は苦々しい。エアテリエはいま、忘れられた王子を復権させるどころではないのだ。

「それで、この子のことだ」

しくしくと泣き続けているリルカシュの肩が、びくっと跳ねた。

「ミスカギートとの交渉をうまくまとめるためには、イリル・ローネの加勢が必要になる。……向こうの王国議会の要求は人質を出すことなんだ。表向きは行儀見習いとして……」

「彼女が行くのか？　こんな辺境の地の娘が……」

ゼファは言葉を切って、口ごもる。

リルカシュは女性オメガだ。まだ幼いが、第二次性徴の兆しがあり、診断も出ている。

第二の性の判別は、性行為を経験したアルファとオメガがそれぞれ行う。嗅覚に個人差はあるものの、第二次性徴時に明らかとなる『第二の性』のフェロモンを嗅ぎ分けることができるからだ。人々はそうした仕組みで、ふるいにかけられてきた。

「まだ九つだ。いくらなんでも、後宮入りの人質には幼い」

ゼファは内心で苛立ちながら口にする。

イリル・ローネから要求されたのは、ただの人質ではなく、王を慰めるための夜伽の相手だ。美貌揃いだと誉れ高いエアテリエのオメガを行儀見習いとして後宮へ上がらせ、イルリ・ローネの王が手をつける。場合によっては愛妾となるのだろう。

「新しい王が即位したいま、進んでオメガを差し出す家はない。じきに法も改められるんだ」

パヴェルは物憂い表情で、ゆっくりとまばたきをした。

「彼女がイルリ・ローネへ行くことで、両親にはまとまった金が渡される。去年、領地内で河川の決壊が起こったんだろう？　堤防の修繕にも元手は必要だ。つまり、国内の、どのアルファと縁づくよりも確かな収入になる」

その弱みへつけ込んだのは王国議会であり、自分たちの家族を差し出したくない王都周辺の裕福な貴族だ。

「しかし、この年齢で親元から離すのは忍びない。これはまだ、彼女の母親にだけ相談した話だが……。ゼファ、おまえが代わりに行く気はないか？」

パヴェルの言葉を聞き、壁際に控えていたローマンが駆け寄ってくる。足音に振り向いたゼファは手のひらを見せて制した。くせ毛を短く刈り込んだローマンは、よく躾けられた猟犬のようにピタリと立ち止まる。

肩にも胸にも、盛り上がるほどの筋肉がついているが、実際は女性でありオメガだ。しかし、どこから見ても女らしさはかけらもなく、いっそ清々しいほどに男らしい。

背の高さは生まれつきで、エアテリエのオメガとは呼びがたい器量だ。たとえベータに生まれていても、この器量では嫁に行けなかったと、本人は笑い飛ばした。

「パヴェルの話を聞きたい」

ゼファが言うと、ローマンは憤りに燃えた目を向けてくる。

主人に対して遠慮のない態度だが、それがふたりの関係だ。不便しかない暮らしの中では、王宮での主従関係を保つことは難しい。しかし、パヴェルの目の前で叱責（しっせき）を飛ばしてくることはなかった。ゼファは、あくまでもローマンの主だ。

先を促すと、パヴェルは素早くうなずいた。

「イルリ・ローネのエドラント公は『淫心の王』と名高い。見目の麗しい青年王だ。『淫心の王』の意味はわかるだろう？」

気遣いを見せたパヴェルから尋ねられる。

辺境の地の、いまにも崩れ落ちそうな館に住んでいては、王都の噂を聞くことはおろか、教育の質も知れていると思っているのだろう。ゼファは侮りと思わなかったが、斜め後ろに控えたローマンはあからさまに苛立っていた。

ローマンとは長い付き合いだ。顔を見なくても、雰囲気でわかる。

「王にふさわしいアルファらしく、性欲が強いということだろう」

ゼファが答えると、パヴェルはちらりとローマンを見た。ゼファもつられて振り向く。ただでさえ眉が太くて不機嫌に見える顔が、これ見よがしに歪んでいた。

「気にしないでくれ」

ため息をついて言うと、パヴェルは居心地悪そうに目元を歪めてうなずく。

「エドラント公はまだつがいを選定していないが、好みは女性オメガだ。しかも、たった一度しか手を出さない。これまで、エアテリエからも男女合わせて十人ほどが行儀見習いに出たが、すべてが一ヶ月も経たずに帰されている。それがわかっているから、貴族は金を積んでツテを探している。『淫心の王』が道をつけたとなれば、ミスカギートでも良縁が見つかるほどの箔がつく。あの国の結納金は大きいからね。でも、いまは事情が違う。エアテリエのオメガは新しく王となったアテームのために隠されているだろう？　……ゼファ。きみが、アテームの臣下となるなら、方法はこれしかないんだ」

「そんなはずはない！」

野太い低音で叫んだのは、ローマンだ。

部屋の空気が震え、リルカシュがびくっと飛び上がった。一瞬、泣きやむ。応接室は無人であるかのように静まり、暗く淀んだ空気が広がる。

直後に、リルカシュが不安を爆発させて、泣きじゃくった。パヴェルに背中をさすられたが、なかなか落ち着かず、しばらく泣き続ける。

「この子には荷が重い。相手は『淫心の王』だ。どんな目に遭うか……」

パヴェルの発言に、ローマンが言い返した。

「そんなことを口にするから、余計に怯えるのでは？　あなたはここへ、なにをしに来たのです。ゼファさまを第一王子と知っていて、よくもそれほど恥知らずなことを言えるものだ」

「やめろ、ローマン」

ゼファが止めると、ローマンは憤懣やるかたなしと言いたげに床を踏み鳴らす。

耐えかねたパヴェルが、すくりと立ち上がった。

「ほかにツテもないだろう！」

ローマンよりも、よっぽど細く甲高い声で叫んだ。

「ゼファの存在はもはや書類の上にしか存在しない。すでに暗殺されたと思っている者もいるほどだ。今後のことを考えれば、これほどのチャンスはない。エドラント公との交渉は一度きりだ。あとは三国同盟の騒動が収まるまで、人質として過ごすことになるだろう。しかし、戻ってきたなら、エアテリエの王族アルファと縁づくことができる」

頬を紅潮させたパヴェルの髪が揺れる。自分よりも背の高いローマンを見上げた。

「そこの従者にもわかっているはずではないのか？　いまのままでは、ゼファは排斥されたオメガ王子でしかない。そんな者を相手にするアルファはいない。彼を王宮に戻したいと願うのなら、政治を考えろ」

「アテームさまは、ゼファさまをお見捨てにならないはずだ」

野太い声でローマンが言う。すると、パヴェルの表情に、さっと影が差した。

「……そのアテームが危うい」

聞かされたゼファとローマンは顔を見合わせる。パヴェルは苦々しい顔つきで続けた。

「表沙汰にはなっていないが、彼は重い病だ。しかし、もしものことがあったとしても、ゼファが継承者に戻ることは難しいだろう。後ろ盾もないんだからな。けれど……、いま、三国同盟を立て直すために身を投げ出せば、アテームの後見人をしているドレイムにも動きようがある。王族の地位は取り戻せるはずだ」

「実績を得るために、正当な王位継承者が人質に、……妾奉公に出ねばならないのか」

ローマンがふらりとその場を離れた。ゼファは慌てて立ち上がり、彼を追う。しかし、遅かった。そうでなくても、ゼファの身体では、ローマンの巨体は止められない。

「帰れ！」

暖炉の陰に隠していた刀剣を持ち出し、ローマンが怒鳴った。リルカシュが怯えて、いままで以上の大きな声で泣き出す。

もう収拾はつかなかった。ゼファはひとまず、パヴェルとリルカシュを追い立てるように館から出し、遠ざかるふたりの背中を見送った。

「あなたに妾奉公を頼みに来るなど、アテームさまの後見人であっても許しがたい」

憤ったローマンの声が、古い建物をびりびりと震わせる。パヴェルとリルカシュは、荒れた庭を抜け、さびついて傾いた門を出ていく。どこからともなく、パヴェルの護衛が現れた。その数は四人だ。対して、ゼファにはローマンひとりしかいない。

「聞いただろう。アテームが病に倒れているんだ」

振り向くと、ローマンの表情が歪んだ。吊り上がっていた太眉がわずかに力をなくす。その様子に気づき、ゼファは悟った。ローマンは知っていたのだ。

「なぜ、報告しなかった」

王都へ行き、情報を掴んで帰ってきたのだろう。ゼファは、ローマンを睨み据えた。

「アテームはすでに王座に即いている。後ろ盾もないわたしが、あの子を引きずりおろせるはずもない。しかし、病を得ているのなら、わたしが子を産まなければ」

エアテリエ、イルリ・ローネ、ミスカギート。三国同盟を結んでいる三国の中で、男性のオメガとベータにも王位継承資格を与えてきたエアテリエは特殊な国だ。

国家としての規模が小さいゆえに、アルファの持つ資質を必要としないことが理由だった。

それも月日とともに変わりゆき、数代前からは、他の二国同様、男性アルファ、もしくは男性オメガが良いとされる風潮になっている。オメガであれば、男性ベータとは違い、アルファのつがいを持つことで新たな男性アルファの出生を期待できるからだ。

「ローマン。わたしが、王位継承権を得ることは、もう無理だ。そんな夢のようなことは考えても無駄だ。それよりも優先されるべきは、ガバルシュビッツの血統を途絶えさせないことじゃないか。そのためには、アルファのアテームがつがいを得るか、オメガのわたしがつがいを得るか、そのどちらかだろう」

応接室へ戻りながら言うと、ローマンは慌てた早足でついてくる。ゼファは続けた。

「ほかの兄弟はすでに縁づいている。彼らを戻すぐらいなら、王国議会は別の血統を王位継承者に据えるだろう。それぐらいのことは理解している」

「……だから、あなたは世間知らずなのです」

刀剣を鞘に戻し、暖炉の陰に隠しながらローマンはため息をついた。横顔にはふたたび憤りが燃えている。

「従兄弟殿の提案が、どれほど馬鹿げているか。まるで、わかっていないではありませんか。相手は『淫心の王』だ。道をつけられたら、快楽の虜になるんですよ。あなたがお読みになった書物にも書いてあったのではありませんか？　都合の良いところばかりを参考にするのでは、学問にもならない」

「……あれが学問か」

ゼファの心が冷えていく。朽ちかけた館の図書室に残された書物にろくなものはない。古典的な学術書のほかは、低俗な読み物ばかりだ。

いったい、だれがどんな目的で使用していた建物なのか。それすら定かではない場所で得られる知識など知れている。

「ならば、ローマン。これから先、どうするつもりだ。わたしは、この土地で一生を終えていくのか。もうすぐ、オメガ不遇の時代は終わる。だが、それでどうなる。すでにアテームが王位を継いでいるんだ。あの子を支えることも、兄としての責務だ。ならば、王宮へ戻ることが第一だ。……ここで、アルファの救いを待つ気はない。それは、おまえも同じ気持ちだったはずだ」

だれよりも、ゼファの身を案じ、そして王位継承の復権を願ってきた従者だ。

ローマンは苦しげにくちびるを噛んだ。しかし、両足を大きく開いた立ち姿は、どっしりと安定していた。その足元の絨毯(じゅうたん)は毛羽立ち、色褪(いろあ)せている。

「おまえは知っているはずだ」

薄汚く染みの広がる壁紙を背にして、ゼファは悠然とローマンを見つめる。

長い髪を編んで肩へ流し、古びた衣服に身を包んでいても、王家の血を継いだゼファ自身がしおれることはない。

「アテームがここへ来たのは三年前だな……。あの子だけが、わたしを忘れず、捜し続けてくれた」

そして、その一年後、アルファであることがわかったのだ。ふたりの再会は、彼が王位継承者第一位になる前の奇跡だった。アテームは自由に外へ出ることが叶わない身となってしまい、知らせは偽名で一通、リルカシュの両親の元へ届いた。

それきり、兄弟の交流は途絶えてしまったのだ。

しかし、ゼファは、返事を書くことができなかった手紙を毎日のように思い出している。

親愛なる兄上の文言で始まり、まだ十代半ばの幼さが残る文字で、いつか王宮で会いたいと綴(つづ)っていた。王位を継いだなら迎えを寄越すつもりだったのだろう。

そのアテームが病に倒れている。父の突然の死に心を痛めたのか。それとも、若くして王位を継いだ心労からか。今すぐにでも駆けつけ、勇気づけてやりたいが、叶わない望みだ。

忘れ去られた王子など、諍(いさか)いの種にしかならない。後ろ盾もないままに戻っても、オメガであることを利用され、ふたたび打ち捨てられる羽目になるだろう。結果は見えている。

「わたしはあの子を、支えてやりたい」

ゼファの言葉に、ローマンは顔を背けた。

「あなたこそが正当な王位後継者だったのです。『淫心の王』の寵姫になるなど、天地がひっくり返ってもありえない」

すべてを拒絶する声で言い放ち、平行線をたどる会話が切りあげられる。ローマンは足音を響かせ、応接室を出ていった。

＊＊＊

ローマンが忽然(こつぜん)と姿を消したのは、翌日の夜のことだ。

ひっそりと隠してあった、ゼファの母の形見である宝石も消え、朝になっても昼になっても、翌日の夜になっても、ローマンは戻らなかった。

裏切られたのだ。たったひとりの腹心に、ゼファは見限られた。

胃の奥が煮えるような怒りをあれほど強く感じたことはない。まるで別人になったように、ゼファは突き動かされた。

だれがなんと言おうとも、リルカシュの身代わりとなり、国へ戻った暁には臣籍を得て国政へ参加する。弟・アテームを支え、より良いアルファの夫を迎え、ガバルシュビツの血統のために尽力するのだ。

たとえ、イルリ・ローネの王に、一夜限りの妾として扱われても、身を汚されたとは思わない。そう、心に誓った。


けれども現実は残酷だ。寝台に押し倒された首筋へ、男のくちびるが吸いつくたび、ゼファは絶望する。想像もしたことない吐息が、自分の声帯を震わせて響く。

「あっ……ぁ」

失うまいとして掴む理性が、裏腹に、自分の媚態をまざまざと実感させた。

羞恥は毒の如くゼファを苦しめ、歪む表情を暴かれ、大きく開かれた足の間を覗かれる。

「どうか……」

震える声で訴え、恥を忍んで、腕にすがりつく。触れようとしてくる指を拒み、自分の手で秘所を隠した。なぜ、陰部が興奮を見せるのか。ゼファには理解できない。

快感よりも羞恥が勝り、羞恥よりも恐怖におののいている。

それなのに、息は乱れ、男性の象徴は脈を打って芽吹く。なぜと問いたかったが、答えは返るはずもない。

ゼファを犯そうとしているエドラントは、涼やかな目元をわずかに歪めた。形のいい眉が片方だけ引き上がる。

いかにも億劫そうな素振りだ。ゼファの腕を振りほどき、寝具へ押しつけた。

ゼファの髪が広がり、淡い栗色の先端がゆるく波を打つ。

「震えることはない。優しくしてやろう」

ささやきかけてくるエドラントの声は、言葉と真逆に冷たく聞こえた。

けれど、ゼファの肌は熱く燃えてしまう。胸が締めつけられるような苦しさと、腰の内側から滲み出すせつなさ。

アルファの息遣いの中に混じる興奮に煽られ、未知の本能が焚きつけられる。

「……いや、です」

ゼファは、声を振りしぼって身をよじった。絹のガウンがいっそう乱れ、白い肩があらわになる。

「おまえがどんなに淫らでも、理由ははっきりとわかっている。心配するな。それは、私がアルファだからだ」

勝ち誇るでもない声だ。エドラントの大きな手のひらが、ゼファの骨張った肩を包む。

「手込めにしようというのではない。今夜限りの快感を分かち合うだけだ」

寝具の布地に乱れたゼファの長い髪が掴まれ、口元に引き寄せたエドラントは目を伏せる。凛々しい瞳がまぶたに隠れると、ゼファは安堵した。

そして気がつく。オメガであることは、奪われる者であることと同義だ。幼いリルカシュでさえ知っていたから、あれほどに泣いて怯えたのだろう。

ゼファは知らなかった。寝台に引き倒され、のしかかられても、足を開いても、自分が性的な対象とされている本当の実感がない。

「男であれば、興が削がれて、逃げきれると思ったか」

目を伏せたエドラントは肩を揺らして笑い、なにかを思いついたように黙った。

「……確かに、否定はしない。並の器量なら、人質として面倒を見るまでだったが」

「ならば……」

エドラントの胸を押し返す。無垢なオメガでもわかるほど濃厚なアルファのフェロモンを早く遠ざけたかった。

「そうは行くまい。世間知らずの身代わり姫……。おまえもいつかはアルファに道をつけられる。それが今夜であっても、障りはないだろう。エアテリエの飢えたアルファの餌食になるよりは、よほどいいはずだ」

相手がアルファ王であれば、貞操を奪われても、新たな『箔』がつく。同じ戯れでも、貴族や地主に手を出されてしまうのとはまるで違う。

しかし、他人と抱き合ったことすらないゼファにはわからなかった。『飢えたアルファ』が、いま目の前にいるエドラントとは比べものにならないほど獰猛で容赦がない存在だと、想像がつかないぐらい世間知らずだ。

「……おまえからも匂いがする。アルファを誘う、淫乱な匂いだ」

「あッ……」

小さく喘ぎ、ゼファはのけぞる。エドラントの指が下半身に這い、手のひらが象徴を覆い尽くしていた。

「んっ……」

びくっと腰が跳ね、新芽のような性器に芯が通っていく。揉み込まれて脈を打ち、やがて根元から先端へと手筒が動いた。

「はぅ……ッ」

自慰もしたことのないゼファの声は、驚きのあまり、みっともなく裏返った。隠しようのない失態に、ぎゅっと目を閉じた。

身体の仕組みについては、書物で読んで知っている。世話係のローマンからも説明を受けた。

男性オメガであっても、そこをしごけば精子を含まない精液がこぼれ出る。そして、アルファと繋がるためには、性器から会陰をたどって、さらに奥、排泄器官でもある場所を使うのだ。

いつかは、とローマンは言葉を濁していた。

「新鮮だな。こんなに色気のない声は、聞いたことがない」

あきれたように笑われて、ゼファの肌はさらに熱を持つ。

「……ま、って……」

息を吸い込みながら訴え、エドラントの手を押さえる。ゼファの指は小刻みに震えていた。

「無理です。できません。……こんな」

「しかし、おまえのここは愛撫に悦んでいるじゃないか」

エドラントの手が淫らに動き、液体の感触が先端に広がる。まるで、エドラントの手のひらから水気が滲み出たようだ。

しかし、実際に潤んでいるのは、ゼファの性器だった。

「……手を貸してみろ」

手首を掴まれ、股間へと引っ張られる。ゼファは驚き、ためらった。

手のひらに押し当てられたものを拒み、逃げようとしたが許されない。しっかりと握らされたのは、ガウンの裾から飛び出たエドラントの象徴だ。根元からそり上がり、幹には蔓草のように血管が浮いている。肉が張り出した先端は猛々しく、液体が滲んで濡れていた。

「おまえの匂いが、こうさせるんだ」

「こんなものは……入りません」

震えながら首を左右に振る。考えただけでも恐ろしく、全身がおぞけだつ。

「それは、さすがに知ってるか。ならば、話は早い」

さっさと済ませようと言わんばかりの口調だ。エドラントが動き、指がすぼまりにあてがわれる。

「濡らしてきたのか」

「準備をしておくように……言われたので……」

「抱かれる気でいたのか、かわすつもりだったのか……。本当はどちらなんだ」

笑いながら聞かれて、言葉に詰まる。

エドラントの『お渡り』が決まり、侍女たちから香油を渡され、準備をしておくように勧められた。浴室で身体を清め、ゼファは教えられた通りに自分自身のすぼまりへ油を仕込んだ。

約束と違うことに対して激昂された挙げ句、手酷く乱暴される可能性も否定できなかったからだ。もし、そうなってもかまわないと、そのときは覚悟していたはずだった。

ゼファが答えないでいると、エドラントがふたたび口を開く。

「いくら未通とはいえ、アルファの匂いを感じているだろう。身体の奥がむずむずしてこないか？　それは欲情だ。おまえの身体はいま、自分の意志とは裏腹に私を欲しがっている。この指を差し込めば、おまえが準備をした以上に濡れてくるはずだ」

そう言って、指先でぐっとすぼまりを押す。ゼファは思わず逃げた。しかし、相手の手管が上だ。指はずくっと差し込まれ、身体の内側に痺れが走る。

「あ、くっ……ぅ」

ゼファが声を漏らすと、エドラントは肩を揺すり、からかうような含み笑いを響かせた。ずり下がったガウンに危うく隠されているゼファの胸元へくちびるを寄せる。

なにをされるのか。ゼファはわからなかった。

折り重なったエドラントのくちびるが絹地をすべり、ぷくっと膨らんだつぼみを見つけ出す。

「あっ……」

ゼファの身体は硬直した。ガウンごと乳首を卑猥に食まれ、きつく吸い上げられる。エドラントのくちびるが離れると、濡れた布地だけが肌に貼りついた。

「い、いや……」

ゼファは弱々しく訴え、首を左右に振った。しかし、ガウンは左右に開かれてしまう。

胸部があらわになり、エドラントの手は器用に動いた。

打ち震えるゼファの胸の尖りと、腰裏のすぼまりを同時に責め始めたのだ。

「あ、あっ……」

　慣れない愛撫を受けた胸が痛みを覚えた瞬間、エドラントの指を噛みしめていたすぼまりがほどけた。ゆるやかに揺れていただけの太い指が、奥へとねじ込まれる。

　ゼファは大きく息を吸い込み、逃げ惑うように腰を振った。恥じらいを感じる余裕もない。ただひたすらに恐ろしく、抜いて欲しくて、腕を伸ばした。

　エドラントの手首を爪で掻き、すがるように押さえる。

「無理です。むり……っ」

　ゼファの瞳から涙がこぼれたが、エドラントは止まらなかった。

　指が内壁をぐるりと掻きながら引いたかと思うと、改めて奥へ差し込まれる。

　異物を押し込まれていく違和感に顔が歪み、ゼファの浅い息が喉から溢れていく。

「うぅ……っ、ん……んっ……」

　指一本でも耐えがたいと思ったが、抜き差しを続けられるとやがて内部から濡れてきた。エドラントの指は、窮屈ながらもなめらかな動きに変わり、いつのまにか指の数も増える。

　それを口に出して知らされ、膝を立てたゼファは羞恥に震えた。

　自分が享楽のために差し出された身代わりだと思い知り、覚悟が生半可なものであったことを痛感する。快楽というものを、甘く考えていたのだ。

　リルカシュのように幼い子どもには無理でも、自分なら受け流せると信じた。書物にはそう書いてあったからだ。年頃になれば、オメガはつがいを探す。アルファと出会い、道をつけられ、いくらかのヒートを経験してつがいになる。

道をつけたアルファであれば最良だが、相性が悪いと判断されたなら選ばれることはない。決定権を持っているのはアルファであり、エドラントもそのひとりだ。数多くのオメガに道をつけながら、相性の悪さを理由にして、だれのことも愛さなかった。

彼の求める『相性』の条件を、ゼファは必死になって考える。そうやって意識をそらしているうちに、自分を見捨て逃げたローマンを思い出した。

パヴェルの話を受け入れたゼファを激しく糾弾したが、あれはローマンが正しかったのだ。いまとなれば理解できるが、それでも、金目のものを掻き集めて逃げた卑怯さは別の話だ。思い出すと、ふつふつと怒りが湧いて許せない。

「気をそらすな」

ゼファのごまかしに気づいたエドラントの声がして、胸をいたずらにまさぐられる。

「んっ……ふ……っ」

いっそう膨れあがった色の淡いつぼみが、さすられ、弾かれ、こねられた。エドラントの愛撫は淫靡だ。望んでいない熱がゼファの身の内に募る。

「あ……あ、ぁ……」

物思いに逃げることも許されず、快楽のただ中へと引き戻された。

ゼファがこれまで知ることのなかった感覚は、めまいがしそうなほど後ろ暗い。受け入れてはいけないと思う反面、拒みきれずに頭の中が痺れていく。

胸の突起を刺激されているだけなのに、引きつけを起こしたように息が乱れ、細い喘ぎを絞り出してしまう。ゼファは手の甲をくちびるに押し当てた。

視線を天井にさまよわせ、胸をせわしなく上下させる。

「あっ……、もう……もう……」

哀願の続きが継げず、胸の奥もざわめく。

「ここが好きか。ずいぶんと敏感だ」

若々しさの中にも、ねっとりとした卑猥さを滲ませ、エドラントが笑う。慣れた行為なのだろう。生まれて初めて快感を知るオメガの姿も、彼にとっては珍しくない。

しかし、ゼファにはすべてが初めてだった。

「あっ……あ、あぁっ……」

初めて与えられる快感に怯え、背を丸める。

すると、胸の突起をキュッと強くひねられた。

「あぁっ……！」

いきなりの刺激に、ゼファの背中が大きくしなった。指を差し込まれた場所が、息をするように広がり、またすぼまっていく。

エドラントの手が、ゼファの膝の裏をすくい上げた。指とは別のものが押し当てられる。

「あっ……」

破瓜(はか)の瞬間を予感したゼファは、両手を寝具の布にすがらせた。上半身を起こして逃げようとした身体に、前へと進んだエドラントの逞しい腕が回る。

視線が真正面からぶつかり合い、ゼファの心臓が音を立てた。濃厚で甘酸っぱい匂いに包まれ、意識までもが朦朧(もうろう)と怪(あや)しくなってくる。

けれど、心臓はうるさいほどに鼓動を響かせた。天井がぐるぐると回転を始める。

抱き寄せられ、男の肩がくちびるに押し当たった。重なり合った肌の感触にゼファは怯え戸惑った。丸々とした先端が、指で慣らしたすぼまりを押し、ぐいっと開かれる。

身体がのけぞり、指先は寝具の布を強く掴む。抵抗の術(すべ)はなかった。

指とは比べものにならないエドラント自身が、入ってくる。

濡れているのは、ゼファのすぼまりか、それとも、エドラントの杭なのか。ぬめりが音を立て、みちみちと肉が引き裂かれるような感覚を、ゼファはひとりで味わった。

卑猥に開かれていく隘路(あいろ)は、元へ戻ろうとする力でエドラントを締めあげる。とうてい、根元まで入るものではない。腰を揺られたゼファは、息も絶え絶えになりながら、エドラントの胸を片手で押し返した。

「くる、し……」

「ずいぶんと、狭い」

　はぁ、とエドラントは息をついた。凜々しい眉根が引き絞られ、片目が細くなる。

「深く息をしてみろ」

　なだめるような声で言われ、ゼファの瞳から、ほろほろと涙がこぼれる。出会って初めて、優しい声を聞いたような気がしたからだ。

　ただそれだけのことに心が慰められ、子どものように肩をすくめて首を振る。

「……できなっ……ぃ」

　栗色の髪を振り乱すと、くちびるの端を引き上げたエドラントがかすかに笑った。

　ゼファにはそう見えたのだ。互いのくちびるが重なり、いきなり舌が差し込まれる。

「んん、んん……ッ」

　生温かな肉片が絡まり合い、唾液がくちびるの端からこぼれるほど掻き回された。

「は……、はぁ……ッ」

　ゼファは、溺(おぼ)れた人間が水面から顔を出したときのように、大きく息を吸った。幸運にも、ここは陸地だ。水が流れ込むことはなく、代わりに新鮮な空気が送り込まれる。

　もっと息がしたいと、唾液を飲み込む。そのとき、何も考えずに、エドラントの舌を吸った。逃げ遅れた肉片の、ほんの先端だ。

　ゼファの身体の中で、差し込まれたエドラントの肉がびくっと跳ねた。

「んっ……」

驚いて離れようとしたゼファの身体が、エドラントに抱き寄せられる。

去っていこうとしていたエドラントの舌先は、またゼファを求め、首の後ろへ手が回った。

「ん……っ、ん……ぁ」

息を吸い込もうとしては震えるゼファへくちづけを繰り返しながら、エドラントはのしかかった姿勢で片手を寝台へつく。

腰がゆるやかに揺れ出したのは、ゼファの身体が、抜き差しする余裕もないほど狭いからだ。しかし、感度は良く、浅い突き上げにも敏感に反応して、かすかな痙攣を繰り返す。そのたび、脈を打つように、柔襞がうごめく。

エドラントが感じ入るように息を吐き出した
「本当に、敏感な身体だ……。わかるか。いま、おまえの中に芽生えている感覚が『快感』だ」

ゼファのくちびるを舌先で舐めて、エドラントは両腕を寝台へついた。

「ん……」

差し込まれる角度が変わり、走り抜ける快感にぞわっと背筋が震える。

ひと息ついた男の顔を、ゼファは戸惑いの中で見た。疑問が脳裏をよぎったが、言葉にならないうちに、肉棒がゆるく引き抜かれ、またぐいと押し込まれる。

生まれ出たせつなさが滲み、ゼファの腰あたりに広がった。

刺激に敏感な内壁は、わずかな動きにも快感を得てうごめく。エドラントも息を吐いた。そしてまた、腰を引く。

「あ、あっ……ぁ」

ずりっと肉がこすれ、足を開いて受け入れているゼファは震える。

抜いては突かれ、突いては引かれ、そのリズムは緩慢（かんまん）だ。ゆえにゼファの羞恥を煽る。

肌がひとときに火照（ほて）り、汗が滲み、目の前がかすんだ。

アルファに抱かれているという実感は、ゼファに対して屈辱しか与えなかった。たった一度だとこらえて受け入れる破瓜の儀式だ。だれにも知られることのなかった欲望が暴かれ、まっさらな身体に道がついていく。

愛されて求められる初夜を想像したことはない。

ローマンといる限り、ゼファはただの男性だった。胸の膨らみがない代わりに、下半身に突起物がついている。ただそれだけのことだったのだ。

「あ、あぁ……ッ、あ、あっ」

揺さぶられて刻まれる自分の声は、他人のもののように思われたが、身体に与えられる淫らな快楽は、間違いなくゼファの感じているものだ。

抗（あらが）いがたく、全身に痺れが回り、こらえてもこらえても嬌声（きょうせい）が溢れ出す。

ゼファにも同じ形状のものがついているのに、エドラントのそれは比べものにならないほど

に猛々しい。見るからに役割が違っていた。

アルファとオメガの違いをいまさらに突きつけられ、ゼファの両目から涙がこぼれた。

「ん、く……っ」

引き締まった細い足の、その先の指で寝具の布を蹴り乱す。

「気持ちいいだろう？　おまえの中はいやらしくうねって……、見た目よりも淫らだ」

男の声が耳をなぶり、羞恥を感じたゼファはのけぞるようにして身悶えた。

「言わ、ないで……っ」

強い口調で拒絶を示し、奥歯を噛みしめる。言われるまでもなく、わかっていた。だから、言葉にされたくない。

アルファであったならば、いま頃ゼファは王座に即いていた。

オメガだったばかりに、王宮を追われ、朽ちた館で身を潜めて生きるしかなかったのだ。

「あ、あぁっ……」

ぐいっと強く挿入され、呼吸が奪われる。

ゼファは顔を背けて寝具へすがった。

抜き差しを繰り返すごとに、エドラントを包むゼファの身体はほどけていく。淫らな脈は、肉壁と象徴の両方で起こり、蜜壺のように濡れた肉がエドラントに絡みつく。そのたびに、ゼファは屈辱を感じた。しかし、身体は興奮を募らせるばかりだ。

折り重なったエドラントが動くと、そり返ったゼファの象徴は彼の逞しく鍛えられた下腹になぞられて跳ねた。

もどかしい快感だ。いくつもの感覚が連動して、ゼファはひとつの望みに飢えていく。

ふたりの身体の間で放って置かれている自身を、激しく揉みしごかれたかった。

内側も、屹立（きつりつ）も、どちらも、ゼファの心を置き去りにして、あけすけな快楽を求めている。

「どうして欲しい。身代わりの姫」

からかいが耳元をくすぐり、ゼファは顔を背けた。エドラントがまじまじと見つめてくる。

その気配に目をぎゅっと閉じた。

「好きなようにしているがいい。私も好きにさせてもらおう」

退屈そうに言ったあとで、エドラントは大きく腰を動かした。いままでの行為が遊びのようなものだと、一瞬でわかる卑猥さだ。ゼファは小さく声をあげて、エドラントを見た。

快楽を貪（むさぼ）ろうとする傍若無人（ぼうじゃくぶじん）な動きに、愛情は感じられない。そんなものは、初めから微塵も存在していなかった。

ふたりの間にあるものは、単純な肉の悦楽に過ぎない。

だからゼファは、汚されていると感じた。真っ白だった自分の身体が、得体の知れない感覚を受け入れ、ドロドロと淀んだ淫靡さに染まっていく。

エドラントの言う通り、それが快楽だった。

アルファを受け入れ、道をつけられたゼファは、腰の奥で生まれてくる情動に晒される。オメガだけが感じる、甘く爛れた衝動に触れ、純潔が内側から欠落していく。

「あ、あっ、あ……」

耐えきれずに激しく声をあげて悶えた。

喪失の感慨に浸る間もなく、快楽は次から次へと湧いてくる。泡のように溢れ、声を出すたびにパチッパチッと弾けた。

「あぁっ！」

たまらずに声を放ち、ゼファは胸を突き出すようにしてのけぞった。したくもないのに、媚びを売るような仕草になり、待ち構えていたかのようなエドラントに吸いつかれる。

しこり立った乳首は、舌先にもてあそばれ、蜜に濡れた小さな実のように色づく。

「ん、ん……。あぁっ……あ、あっ……っ」

ゼファの象徴が、ふたりの腹にきつく挟まれた。互いが動くたびに、下腹でこねられ、ゼファはたまらずに手を伸ばす。自身を掴みたかったが、許されずに手首を押さえつけられた。

「もう少し、待っていろ……」

エドラントの舌が鎖骨から首筋をたどり、耳朶がくちびるに挟まれる。そのまま口に含まれた。甘噛みされると、淫靡な悦が起こり、ゼファは逃げようと身をよじった。

それすら相手を悦ばせる動きになるだけだ。エドラントの片手に掴まれたゼファの腰が、彼の膝へ引き上げられる。

「……ぁ、あっ……！」

結合はいっそう深くなり、ゼファは身をくねらせながら自分の両腕を胸に抱き込んだ。

汗をかいた首筋に髪が貼りつき、長い髪の先が布地の上に乱れる。紐がほどけて開いた絹のガウンは、腕にまとわりついたまま、裾が腰あたりに布溜まりを作っていた。

ゼファの身体を割り開くように差し込まれているエドラントの昂(たか)ぶりは、熱く太い。それを、さらに深くへ、ぐいぐいとねじ込まれる。

両手で腰を掴まれているゼファは、奥歯を噛みしめた。

「んっ……ぁ」

奥が穿(うが)たれるたび、淡い痛みと混じり合って快感が走り、息が詰まる。

それはまるで稲妻(いなづま)だった。

腰の奥から光を放って駆け上がり、気がおかしくなりそうなほどの快感が、無垢なゼファの全身を包む。

「あ、あっ……あぁっ！」

一瞬、意識が飛んだ。目の前が真っ白になり、奥歯がガタガタと音を立てて震え出す。

それでも、責め立ててくるエドラントの動きはやまず、快感はひっきりなしにゼファの身体を襲った。淫らな嬌声がくちびるからこぼれ、それがまた耳から流れ込んで、ゼファ自身を感じさせる。

恐ろしくなって、エドラントを見た。

逞しく精悍なアルファは、頬も、首筋も、開いたガウンから見える胸板も、艶（なまめ）かしく汗ばんでいる。輝くばかりに眩（まぶ）しく、したたるような色気だ。ゼファは目を奪われた。

腰を鷲掴（わしづか）みにされ、人形をもてあそぶように揺さぶられながら、太い杭が抜き差しされる卑猥さに呑まれていく。身をよじらせ、激しく上下する胸を開いた。投げ出した腕へと髪がまとわりつく。

「んっ……ン……ッ」

ふたりの視線は交錯したが、長く絡み合うことはない。エドラントが片手で自分の前髪を掻き上げる。濡れた髪がはらりとこぼれ、ゼファの腰がよじれた。

エドラントが息を詰める。涼やかな目元が歪む。ぐいっと腰が突き出た。

「いい案配だ」

低い声は快楽に感じ入り、転がるようにゼファの肌を撫でていく。

「はっ……ぅ」

震えながらのけぞり、ゼファは荒い息と嬌声を繰り返す。エドラントの腰づかいがいっそう激しくなった。

「……あ、あっ……もっ……ぁ！」

言葉にならない声を出したゼファの身体が小さく跳ねる。身体の奥深くがうねり、深々と突き刺さったエドラントを締めあげていくのがわかった。しゃぶりつくようにうごめき、奥へ奥へと肉の杭を誘い込む。

快楽が止めどなく溢れ出し、ゼファは二度三度と跳ねた。

「あっ、あっ……」

のけぞっても逃がせないほどの大きな波が押し寄せ、快楽が濁流の渦を巻く。逃れる術はなく、自分の髪ごと寝具の布地を引き寄せた。

絶頂が来たのだと、教える者はいない。

ゼファが怯える余裕もなかった。

身体のすべてがアルファの快楽に委ねられ、つけられたばかりの『道』を行き来する昂ぶりに支配されていく。欲しくて欲しくてたまらず、甘い声をあげてしまうほどだ。

なにを口走ったのか。ゼファ自身にもわからない。

倒れ込んできたエドラントが、ゼファの身体にまとわりつく髪をおおざっぱに取り除き、上の方へとひとまとめに投げやった。それから、胸が合わさる。

ゼファの両足は、エドラントの腰で大きく左右に割り開かれ、ふたりを繋ぐ肉の杭が濡れた音を立てて抜き差しを繰り返した。ぐちゃぐちゃと淫らな音が立ち、肉と肉がぶつかる激しい破裂音が響く。

「……あぁっ、あ、あっ……ッ」

布地を握りしめたゼファは、大きく声を放ち、エドラントの勢いをすべて受け入れた。差し込まれた昂ぶりが柔らかな肉の壁に包まれて脈を打つ。入りきらなかった根元から大きく奮い立つように跳ね、先端がゼファの敏感な部分を打った。

「あぁっ……っ！」

熱が爆ぜて、張り詰めたエドラントの先端から体液が溢れていく。しかし、ゼファには感じられなかった。その余裕がなかったのだ。

知らぬ間に射精された内壁が痙攣を繰り返し、やがて、手足さえもが震え出す。

「あっ、あっ、あ……ぅ……ッ」

なんとか止めようと試みたゼファのあごへと、エドラントの指が触れた。顔を覗き込まれる。

「飛ばなかったのか」

驚いたように言われ、ゼファは首を左右に振った。なにを意味するのかさえ理解できない。

「もう一度だ……」

エドラントのくちびるが頬をすべり、ゼファは驚いた。射精されたばかりの場所で、エドラントはまた硬く張り詰め始めている。腰を揺すられると、奥に出された体液が潤滑油の代わりに広がり、いっそう男の象徴を生々しく感じ取る。

「……も、う……」

ゼファは首を振って拒んだが、許されない。抵抗するほどの体力もなく、されるがままに揺さぶられる。

初めての快楽を教えられた肉体を持て余し、ゼファはひたすらに混乱するだけだった。

何度目の交わりで解放されたのか。

窓辺から差し込む朝光（ちょうこう）の青白さを眺めながら、ゼファはぼんやりと昨晩のことを思い出す。終わりから遡（さかのぼ）って数えたが、途中であいまいになって初めから数え直す。しかし、それもよくわからなくなった。

はっきりしているのは、エドラントが類いまれな精力を持っているということだ。アルファならひと晩に何回と文献に書いてあるわけではない。だが、昨日の行為が、通常の回数だとは思えなかった。

夜にエドラントを迎え、終えたときは窓の外が明るんでいたのだ。窓の吊り布を引いて寝支度を整える暇もなかった。

息を吐き出したゼファは、上掛けの中で寝返りを打つ。天井を見上げ、まばたきをした。長いまつげが繊細に動き、ぴたりと止まる。瞳が揺らめき、ついっと視線が動いた。

ハッと息を呑んで飛び起きる。あらゆる場所に痛みが走り、ゼファは元の体勢に崩れ落ちた。

寝台の端に腰掛けていたのは、夜通しでゼファを抱き続けた男だ。身体の痛みに声を押し殺すゼファを笑い、凜々しい眉が動いた。

「おはよう、身代わりの姫君」

偽りの名で呼ぶつもりはないのだろう。

すでに身繕いを済ませ、昨晩を忘れたように涼しげな表情だ。

唖然（あぜん）として見つめたゼファの脳裏に淫夢がよぎり、肌が燃えるように火照った。上半身を起こし、真っ赤になってうつむく。夢か幻かと、寝台の上に視線をさまよわせた。

昨晩、ここで行われた行為の証拠を探そうとしたが、なにひとつ見つからない。体液でドロドロに濡れた寝具の布も、噛みしめたガウンもなく、ゼファの髪は寝乱れているが毛玉にはなっていない。寝間着に袖（そで）を通し、下着も身につけていた。

ただ、身体の節ぶしが痛いだけだ。

腰、背中、腿（もも）の内側、足の付け根。それから、腰の裏側もだった。

「挨拶をする気もないか」

ため息交じりに言われ、ゼファは拳（こぶし）を握った。膝を覆い隠す上掛けを握りしめる。

「いえ……」

答えた声はかすれ抜け、言葉にならなかった。

「あ……」

とっさに喉を押さえ、短く声を放つ。それも息になって抜けた。

「喉を痛めたんだな。蜂蜜を用意させよう。……無理を強いたな」

ぼそりと聞こえた言葉に、初めてエドラントの感情が見えた。からかうでも、見くだすでもないそれを不思議に思い、ゼファはそっと顔を上げる。

嘲笑を消し去ったエドラントがいた。

堂々たる風格はそのままで、ひたすらに清々しい。聡明さが滲み出た美丈夫の座り姿は、ゼファがリルカシュと読み進めた物語の、妖精王の挿絵さながらだ。

「昨晩のおまえに免じて、エアテリエの謀は見逃してやろう」

エドラントの涼やかな目が細められ、ゼファはかすかに震える。

自分のなすべき仕事を終えたことに安堵したが、喜びは感じられない。たったひと晩だと思い切るには、あまりに代償が大きかったからだ。

エドラントが部屋を出ていくまでは、どんな感情もこらえなければならなかった。

しかし、身代わりとしての役目を終えたことは事実だ。

あとはただ、三国同盟が盤石なものとなり、国が呼び戻してくれるのを待つばかり。もしくは、早々に、イルリ・ローネ側が返還の手はずを整えるかもしれない。『淫心の王』と呼ばれるエドラントが、後宮入りしたオメガと情を交わすのは一度きりだ。二度はない。

そう思うと、ゼファの心もわずかに安らいだ。

「顔を上げろ」

寝台をおりたエドラントに命じられ、ゼファは首を起こす。目は伏せたままだ。

ふいに顔を覗き見られ、驚いて身を引く。片膝で寝台へ乗り上げたエドラントの片手が、ゼファの首を支えた。

激しいくちづけを思い出したゼファの身体は、凍りついたように硬くなる。

「子どものようだな」

ゼファのくちびるをついばんで離れたエドラントがささやく。肉厚なくちびるは、さらにゼファの額をかすめて離れた。

「今夜も身を清めて待っていろ」

言葉の意味がすぐに理解できず、ゼファは大きく目を見開いた。

こぼれ落ちんばかりの瞳は、秋の木の実の色だ。そこに灰黒色の髪を持つ男が映る。

若く凜々しい王は、満足げにうなずき、均整の取れた身体を翻(ひるがえ)した。

飾りけのない白シャツを着ていても、鍛えあげられた背中は立派だ。エドラントの残した言葉の意味が理解できず、ゼファは身じろぎもしないままで、扉が開き、閉じられるまでの音を聞いた。

「……え?」

小さな疑問の声は、かすれて消える。

昨夜、確かに、この寝台の上で抱かれた。また今夜も、それをするのだろうか。表に裏にと、さまざまな格好を取らされ、角度を変えて突き上げてくる昂ぶりに翻弄され続けた。情を交わすと表現するには、あまりにも動物的な行為だ。

一度だけだと信じたから、我を失うほどの快楽に晒されることにも耐えられたというのに、エドラントは二度目の夜伽を求めている。

混乱したゼファは、開いたままの自分のくちびるに触れてみた。じんわりと熱くなったのは、くちびるではなく額だ。

エドラントの感触がよみがえり、ぞくっと震えが走る。

ゼファはわずかに腰を持ち上げた。とろりとした液体があらぬ場所から溢れ出し、粗相をしたかと驚いた。しかし、そうではない。

身を清めるため、浴室へ向かわなければならなかったが、寝台からおりた瞬間、足腰が立たずに崩れ落ちる。ゼファは天を仰ぎ、くちびるを噛んだ。

家具や壁を伝ってよろよろと歩き、浴室で下半身を確認する。

流れ出てきたものは、白い体液だった。昨夜から今朝方にかけて、息をつく間もないほど流し込まれたアルファの精が、まだ体内に残っているのだ。

磁器タイル貼りの浴室の壁へすがり、ゼファは片手で顔を覆う。屈辱とも汚辱とも取れる記憶に、心はいまもまた、引き裂かれていく。

夜明けの時分、この部屋で湯を使った。浴槽の中でもエドラントに抱えられ、指先で丹念に開かれて身悶えたのだ。

一夜にして淫乱に花開いた己を恥じたゼファは逃げ惑った。エドラントの肩を叩き、腰を蹴り、さめざめと泣きながら許しを乞うた。

けれど、精液を掻き出す行為にさえ気をやってしまう現実がある。

怒りに似た混沌がよみがえり、ゼファは壁を手のひらで強く打った。

欲望を暴いたエドラントも憎いが、あんな手立てで抱かれて悦を得る身体も恨めしい。そして、アルファとオメガである以上、どうにもならないことがあると思い知った。

唯一の救いがあるとすれば、これで一人前のオメガとなれるということだ。やがてヒートも来るだろう。

オメガとしての本当の第一歩を、この上なく優れたアルファに導かれたのだ。これで良かったと、あきらめを覚えながら、ゼファはくちびるを噛みしめる。

世間知らずの浅慮だとなじってきたローマンの激しさがよみがえり、記憶はこの一瞬のゼファのことをも責めた。

ゼファは、忘れ去られた王子だ。王となったアテームにもしものことがあったとしても、王国議会は親族のアルファを後継者に選ぶだろう。すでにエアテリエは、アルファ優先の体制になっている。

そして、それぞれの家にひっそりと隠されたオメガが差し出され、別血統が繋がれていく。国のためにゼファが跡継ぎを産むことすら、儚い望みであり、まるで現実的ではない。つまり、国は続いても、ガバルシュビツの血統は途絶えてしまうのだ。

流れ落ちる涙を手の甲で拭い、浴室に座り込んだゼファは片膝を抱える。

そんな簡単なこともわからず、ひとりで勝手に盛りあがり、覚悟を決めたのだ。

子を作るためだけの存在にはなりさがらないと決心していたローマンに見限られたとしても、なんら不思議はない。ゼファは易きに流れた。

血統の良いアルファに道をつけられ、オメガの価値を高めて国へ帰ることを選んでしまったのだ。ローマンに対する怒りは冷め、ゼファは愚かな自己に落胆した。

そもそも、王宮への帰還や復権を願わなければ、平民のひとりとして生きる道ぐらいはあったのだ。早くにそうしていれば、ゼファとローマン、それぞれの希望や思惑と違っていたとしても、『淫心の王』に抱かれ、忘れがたい淫楽を刻まれる結果にはならなかった。

ゼファはもう、アルファを知らなかった身体には戻れない。快楽が刻まれ、道はついてしまった。

知らず知らずのうちに指先が下半身へと這う。もう一方の手は、胸元の肌を押さえた。夜通しいじられた乳首がピリッと痛んだが、股間はそれさえ快感だと知って首をもたげる。

エドラントが今夜も渡ってくるのならば、また身体を開かれ、強烈な快感に晒されるのだ。

避けようがないと、ゼファはあきらめた。

一度きりの交渉だとパヴェルは請け負ったが、これまでのオメガが一度の交わりで解放されたのは、それぞれに後ろ盾があったからに違いない。それぞれに帰る場所があり、無理を強いられる立場ではなかったのだ。

身代わりのゼファは孤独で、後ろ盾も、帰る場所もない。どんな扱いを受けても、周囲に知られることはなく、いざとなれば書類上だけ『リルカシュ』という少女を返したことにもできる。国同士の関係に害を及ぼさないのなら、つがいにした上で捨てることも可能だ。

しかし、イルリ・ローネの王国議会の思惑はどうあれ、エドラントがそこまでの悪人だと、ゼファには思えなかった。

夜通しの性行為に付き合わせた相手の身体を自らの手で清め、目が覚めるまで枕元で待っていたのだ。きっと、優しい男のすることだろう。

ゼファは、ほんのわずかな懐疑心を持ちながら、そうだと信じたい自分の気持ちに寄り添った。エドラントを拒むことは許されない。二度でも三度でも、求められたなら応じるよりほかに生きる手段がないのだ。

パヴェルが約束を守ってくれると信じ、自分の器量で生き延びるしかない。

だから、せめて善人であってくれと願う。

ゼファは大きく息を吸い込み、できる限りのことをしようと自分を鼓舞した。

この先のことは、なにひとつ、確かではない。けれど、希望はある。弟のアテームだ。

だれもが自分を忘れ、帰還を望んでいなかったとしても、彼だけは違う。病床のアテームに会うためだと、ゼファは拳を握りしめた。

＊＊＊

夜になると、エドラントは後宮へ渡ってきた。

初めての夜から、もう四日が過ぎ、これが五回目の夜伽だ。

「あっ、あっ……あっ、ん……っ」

両手両足を寝台の上についたゼファは、上半身を支えきれずに崩れ落ちる。

腰だけが高く上がり、エドラントの昂ぶりは出入りを続けた。先端近くまで抜くのにも、ずるずると肉がこすれ合うほどに幹が長く、茸型に張り出した先端のくびれは、まとわりつくゼファの内壁を意地悪く掻いた。

ひと刺しごとにゼファの腰はよじれ、エドラントへのつたない愛撫に変わる。満足げな息をつくエドラントはゆったりとした動きで、浅い場所を行き来した。

動きのもどかしさにゼファが震えると、指が食い込む強さで腰を掴まれる。

「もっと、奥に欲しいか」

言葉を求められ、ゼファは首を左右に振った。しかし、エドラントはぐいっと腰を押し出す。

「あぁっ……」

硬い肉棒が、狭い場所へ、ずっくと突き立てられ、ゼファは震えながら敷布を握りしめた。

「いい具合だ」

熱っぽくけだるげな口調のエドラントが、腰を振り立てる。

「……ぁ、あぁっ、あぁっ……っ」

激しさに翻弄され、ゼファの声が刻まれた。逃げようと前へ出た腰を掴み引き戻される。

「く……っ」

エドラントが低く声を忍ばせた瞬間、ゼファの奥で熱が爆ぜた。

「ひ、ぁ……っ」

しっかりと引き寄せられ、深々と貫かれたまま、精を浴びせかけられるゼファは打ち震えた。収まった肉の杭が跳ね回るからだ。抜き差しとは違う動きで、感じ入った肉襞を刺激されると、ゼファは身悶え、浅い息を繰り返した。

ずるりと肉を抜いたエドラントが大きく息をつき、寝台の木板に頭を預けるようにして横たわる。背を向けて転がったゼファは身を屈(かが)めた。

すぐにでも寝台をおりたいのだが、息が整うまでは動けない。すでに三度も交わり、そもそも体力がないゼファは限界に達していた。

日中も泥のように眠るばかりで、宵に目が覚めることもある。

「水を飲むか？」

エドラントから肩を引かれ、ゼファは抵抗せずに身体を開いた。視線の先にエドラントの腹部があり、顔を少し上げると目が合う。

軽く首を振って断ると、手にしたグラスの水はエドラントが飲み干した。

「おまえも快感を得ているんだろうな……？」

エドラントの指が伸びてきて、ゼファの額からこめかみにかけて貼りついた髪を剥がす。

問うているのか、単なる確認なのか。言葉の意味を受け止めあぐねていると、グラスをサイドテーブルに戻したエドラントが笑った。

「気持ち良かったか、と聞いているんだ」

問い直され、ゼファの頬は熱くなる。視線を合わせていられず、起き上がってガウンを探した。寝台の端で半分ほど床に落ちているのを見つけ、手を伸ばす。

ガウンを引き寄せたゼファは、与えられた快感を思い出し、もじもじと布地を揉んだ。なんと言えばいいのか、答えが見あたらない。

「こっちへ来い。その姿勢だと、すぐに流れ出てくるぞ」

引き寄せられ、胸に抱かれる。流れ出てくるのは、エドラントが放った精液だ。

しなだれかかることが、いまだうまくできないゼファは、ぎこちなく体重を預けた。

「身体が反応するのは当然だ」

エドラントの指が、ガウンで下半身を隠すゼファの肩をなぞった。

性的ではない仕草はまるで、動物を撫でているようだ。ゼファはまた反応に困る。

「気が遠くなることはあるのか」

そっけなく聞かれると、素直にうなずくことができた。

「……あります」

「あるのか」

驚いたエドラントの手が止まる。撫でられるのがやみ、ゼファはホッとする。

だが、いきなり顔を覗き込まれた。

心臓が飛び出しそうになり、大きく息を吸い込む。しかし、目はそらせなかった。エドラントの目元は、いつまでも眺めていられそうなほど美しい。容姿そのものが整っているのだ。

「射精するときなのか？　それとも、突き上げられている最中か？」

いやらしい質問だが、ゼファはそうと気づかなかった。とても重要なことを確認されている気分になり、真剣に考え込む。言葉を選び、小さく息を吸い込んだ。

「あなたが、果てるとき……真っ白になります」

最後の追い込みで激しく動くときだ。

「なるほど。でも、飛んでしまわないんだな」

「どういうことですか？」

「……気絶しないってことだ」

「するものなんですか……」

頭の中が真っ白になったまま気を失うのだと理解して、ゼファはくちびるを引き結んだ。

「どうした」

エドラントに問われ、うつむいて答える。

「想像よりも、恐ろしいことをしているんだと……。睦み事と呼ばれるものなら、もっと穏やかなんでしょうか」

「……ん？」

エドラントの涼やかな眉根の間にシワが寄る。おかしなことを言ってしまったとゼファは焦った。

その肩を、エドラントの手のひらがとんとんとリズミカルに叩く。

「なにも知らないんだな」

バカにされるとばかり思っていたが、笑った声に嘲りの色はなかった。

それどころか、牧歌的な雰囲気だ。穏やかさに目を奪われ、ゼファはパチパチとまばたきを繰り返した。

「私に抱かれて、気絶しなかったオメガはおまえだけだ。最高の快感だと、感動してむせび泣かなかったのも……」

エドラントの顔から微笑みが消えていき、ゼファの心にも冷たい風が吹き込んだ。

「泣きは、しました……」

小さな声で打ち明けると、エドラントは首を左右に振り、真顔で言った。

「おまえは気絶もせず、感動では、泣かなかった。あれは、気が滅入る」

「どうしてですか。あなたが強いアルファ性を持っている証拠じゃないですか」

「そのせいで、満足できたことがない。挿入して揺すっただけで気絶する相手だ。……意識のない相手の中に出せるほど、鈍くもない」

不機嫌に顔を歪めるエドラントの精悍な頬に見惚(みほ)れ、ゼファはそっと手を伸ばした。触れて初めて、自分のしたことに気づく。内心では驚き焦ったが、手を引く気にはならなかった。

エドラントの脇腹に自分の胸を寄せて預け、振り向いたくちびるに指先を押し当てる。

ゼファは、はたと真実を悟り、息を呑んだ。

「じゃあ、あなたに抱かれたオメガは……」

性器を差し込み、精液を流し込まれて初めて『道』がつく。それが通説だ。外に射精していたのならば、相手の『道』は不完全だ。

「擬似的なヒートを起こしていたから、気づきはしないだろう。どうせ、すぐに別のアルファをあてがわれる」

「そんなことがあるんですか」

「あるんだよ、身代わりの姫君。書物にも書かれていないことが、この世の中には、たくさんある」

エドラントのくちびるが動き、いたずらに触れていたゼファの指先が食まれた。驚いて手を引いたが、背中に回った腕に抱き戻され、くちびるが重なる。

「ん……」

ゼファの身体はぞくぞくと震え、ガウンの中にエドラントの手が忍び込む。

「……あっ」

内太腿を撫でられ、あっという間に下半身を握られてしまう。

「まだ、出していなかったな」

「こんなに毎日では……もう……」

昨日もいじられたが、薄い体液がほんの少し飛び出ただけだ。

「欲がないな」

エドラントに笑われたゼファは、くちびるを引き結ぶ。もてあそぶようにやわやわと揉まれる股間は、今夜の行為にすっかりと疲れ果て、ピクリとも反応しない。

それでも、ゼファの身の内はじんわりと熱くなった。エドラントの大きな手のひらは体温が高くて、撫でさすられているだけで心地がいい。

「あの夜、おまえはどうして泣いたんだ」

「交わるのが、初めてだったので……混乱しました」

本当のことは、頭の隅に追いやって答える。

ゼファはまだ『リルカシュ』として後宮にとどまっている。所詮は、忘れられた存在だ。王子であることは知られていないようで、エドラントは思わせぶりなことさえ言わない。身の周りの世話をしてくれる侍女も、男性であることに気づきながら、理由を問うような不躾をしなかった。

「用意したような答えだな。おまえは、なんだか不思議なオメガだ。私の欲求に応えられるオメガがいるとは……」

「あ……」

いくら揉んでも反応のない股間から奥へと、指先がすべり込む。

「おまえは、どんな目的があって、身代わりになったんだ」

指の動きが止まり、手が離れる。上半身が迫り、ゼファの視界はエドラントに占領された。

「……エアテリエの、国のためです」

見つめ合って問われ、嘘のない答えをひとつだけ差し出す。忘れられた王子だとは、言えるはずもない。余計な詮索を呼ぶだけだ。

「そうか。世間知らずのわりには、たいそうなことを言う……」

ふっと笑ったエドラントは、意地の悪い表情を浮かべる。これまでのオメガと同じように、よりよい縁談のために道をつけてもらいに来たと思っているのだろう。言われてしまえば、それまでだ。

「レース編みも、できます」

オメガのたしなみだが、本来は女が得意とする仕事だ。自慢することでもない。

どうでもいいことを言ってしまったと後悔したが、エドラントの反応は好意的だった。

「鉤針と糸を用意させようか。それとも、ほかに欲しいものがあるか？」

微笑みながら頬に触れてくる優しい仕草に、ゼファは思わず心を許した。

「書物を……。後宮に図書室はありませんか？　あるのなら、ぜひ見学させてください」

口にすると勢いがつき、両手でエドラントの手首を掴んだ。

「変わった趣味だな」

オメガらしくないと言いたいのだろう。それでも、エドラントは笑ってうなずいた。

「明日から入れるように手配をしておく。本の選び方は司書に聞けばいい」

「司書がいるんですか……ッ！」

ゼファはぴょんと跳び上がった。寝台に両膝をついて座り込む。

長い髪が肩から胸へとすべり落ち、花の開くような笑みが頬に浮かぶ。

寝台に横たわったエドラントが息を詰めた。真剣な眼差しになったことに、ゼファはまるで気づかず、わくわくとした表情を浮かべて前のめりになる。

「大きな図書室ですか？　何冊ぐらいの蔵書が……、わたしの館には小さな書庫があるきりで、それも古い本ばかりだから……っ」

「本当に変わったオメガだな」

笑ったエドラントが手を伸ばし、ゼファの長い髪を指に絡めた。

「おまえからくちづけをしてくれ。そうしたら、いますぐに連れていってやろう」

甘い駆け引きを持ち出され、ゼファの心はひゅっと冷えた。自分の独りよがりな興奮が、途端に恥ずかしくなる。

「どうした。嫌なのか」

「な、にが……です……」

「なにが……?」

上半身を起こしたエドラントが、寝台に座り込む。下半身を隠しもせず豪快に足を組み、ゼファの顔を覗き込んだ。

「そんなに恥ずかしがるな。言い出した私の方が恥ずかしくなるじゃないか」

エドラントの片手が、うつむくゼファの頬を包む。しっとりと湿りけを帯びた感触を心地よく感じ、ゼファはまつげを震わせながら視線を上げた。

エドラントのくちびるは近くにあり、最後のひと押しを待っている。ゼファは身を傾け、男のくちびるへと己のくちびるを押し当てた。

淡いくちづけに心の奥が痺れ、身を引こうとしたところを追われる。舌先にくちびるを舐められ、濡れた肉片を吸い込みながら受け入れた。

エドラントの手が頬を撫で、ゼファの耳の形をなぞって、耳朶を揉む。

「んっ……」

ぶるっと震えたゼファは、手のひらでエドラントの肘先にすがった。

「出したものを清めてから行こう」

くちづけの合間に言われ、膝立ちになるように促された。エドラントがガウンを引き寄せ、ゼファの足の間に広げる。そして、すぼまりに指をあてがった。

指先で広げられ、そっと指が差し込まれる。長く太い男の指だ。閉じた肉壁を刺激されていくうちに、注ぎ込まれた体液が逆流してきた。

身体の力を抜いたゼファは、くちづけを拒んで顔を伏せる。

「見、ないで……」

顔も下半身も、エドラントの視線に晒されるのは耐えがたい。エドラントの黒い髪を引き、そっと胸に抱き寄せる。それが一番、見られずに済む。

エドラントの熱い息遣いが肌をかすめ、ゆっくりと両手で尻を掴まれた。揉まれ、広げられ、淫靡な体液が、広げたガウンへとしたたり落ちていく。

＊＊＊

翌日、ゼファは改めて、図書室を尋ねた。

イルリ・ローネの後宮は、その名前の通り、城郭の一番後ろに位置している。政治の中枢である王宮とともに、四方に塔を備えた石壁で囲まれていた。

目的の図書室は敷地のはずれにあったが、そこまで行くと、庭と呼ぶよりは、まるで小さな森のような植栽がなされていた。城郭の中だということも忘れてしまう。

図書室とは名ばかりに、小さいながらも堅牢な石造りの建物はひっそりと建っていた。そして、延焼を避ける蔵の役割も兼ねている。

裏手の小さな小屋に管理人の男が住んでいて、エドラントが声をかければ、夜でも鍵を開けた。しかし、夜間は司書が不在だ。ランプを手に、中をさらりと見て回っただけで終わり、今朝になってから、改めて訪ねるようにとエドラントからの伝言が届いた。

陽の光の中にたたずむ建物は、夜よりも魅力的に見える。穏やかな雰囲気の年老いた司書は、木陰に椅子を出して待っていた。

侍女は埃(ほこり)を嫌って中へ入ろうとせず、ゼファだけが案内される。リルカシュとして女の装いをしているから、裾がぞろりと長く、袖も手首まであった。武器製造のほかに養蚕(ようさん)も盛んなイルリ・ローネの布は軽やかで、初夏の気候にも適している。

案内された館内は、天窓から差し込む淡い光に包まれていた。天井まで吹き抜けになっており、書架をずらりと携えた通路がまっすぐ伸びている。

黴の匂いも、埃っぽさもなく、清潔な空間だ。ひんやりと涼しい空気に、インクの匂いがじわっと滲んでいるようで心地いい。

ゼファは浮き足立つような興奮を覚えた。しかし、「どんなものをお望みでしょう」と司書に問われ口ごもる。知識を得ていくためには、膨大な書物の中から一冊を選び出さなければならないのだ。つまり、自分の望みを明確にしておく必要がある。

ゼファは戸惑い、いくらか躊躇を繰り返してから、打ち明けた。

難しい文体を読み慣れていないこと。そして『物事』の基本を知りたいこと。けれど、その『物事』への糸口が掴めないでいること。

だからこそ、一冊目を示して欲しいと頼む。

耳の遠い老司書は、言葉を読み取るかのように、ゼファの口元だけをじっと見つめる。話が終わると視線を合わせ、しばらく待つようにと告げて消えた。

静かな館内に足音が響き、ゼファは緊張の面持ちで戻りを待った。

彼が抱えてきたのは二冊の書物だ。一冊は、ゼファの顔の幅ほどありそうな厚く大きな辞書。もう一冊は、装丁の美しい本だった。表書きは飾り文字で、内容は想像できない。

「知りたいことはすべて書いてある」と老司書は穏やかに笑った。ゼファは辞書に対してのことだと理解してうなずく。確かに、これほど立派な辞書であれば、たいていの言葉を引くことができるはずだ。

しかし、老司書が軽々と抱えていた辞書はあまりに重く、ゼファを驚かせた。両手に抱えたはいいが、部屋まで持って帰れる自信がない。

届けてもらえるように頼み、ゼファは石造りの建物をあとにした。

侍女と庭を歩きながら、エアテリエの王宮にある図書室を思い出そうとしてみる。しかし、うまくいかない。王宮で暮らしていた頃は、家庭教師がついていたのだ。わざわざ図書室へ足を運ぶ必要はなかった。

自国との格差が気にかかり、ゼファは胸騒ぎを覚える。エアテリエにも専用の蔵があるのかもしれないが、あれほど多くの書物を収集しておける王宮の豊かさは、イルリ・ローネの国力の高さを示しているようでもあった。

「あの花は、エアテリエが掛け合わせに成功したものですよ」

腰回りにぽってりと肉をつけた中年の侍女が、そっと指で示す。小川の向こうに、地面を覆い尽くして群生している青白い花が見えた。

リルカシュが人質だとも、その身代わりだとも知らない侍女だが、男であることには気づいている。

しかし、エドラントが黙認している以上、彼女がそれについて言及することはなかった。

初夏の陽差しがキラキラとこぼれ落ちる小道はゆるやかにくねり、小川が流れて小魚が跳ねる。王宮の中にありながら、まるで小さな村のようだ。

「エアテリエの花は、本当に美しい品種ばかりです」

侍女は陽気に言った。

エアテリエは農耕を生業（なりわい）とし、輸出品としての樹木や花々の開発や栽培も行っている。イルリ・ローネでも流通しているが、特に大国のミスカギートでよく売れていた。

「エアテリエの女性が美しいのは、花から採れる香油が素晴らしいのだと聞きました。リルカシュさまのお手伝いをしていると、本当に納得します。女性だけではないのですね」

「あまり、人と会ったことがないから……。本当かどうかはわからないな」

「でも、エドラントさまは夢中ですわ。毎晩のお渡りがあるなんて、みんなが驚いています」

侍女の表情が明るく華やいだ。

「側室候補の姫君までいなくなってしまって、本当に寂しい毎日です。本来なら、行儀見習いの姫君を預かって、毎日のようにお茶会やレース編みの講習を行うのですが……」

イルリ・ローネの後宮は閑散としている。王が望みさえすれば、正妃に、側室、そして妾。幾人でも侍（はべ）らせることができるのに、いまはゼファひとりだ。

「エドラントさまが、正妃さまをお迎えになれば、先の王さまのときのように、にぎやかになるのだと思います」

「そうですね」

ゼファは微笑んでうなずき、一本道をふたたび歩き出す。侍女が編んでくれた髪が、背中で揺れ動く。

「あ、あの……、差し出がましいことを申し上げてもよろしいでしょうか」

慌てて追ってきた侍女に声をかけられ、ゼファはふたたび足を止めた。うつむいた侍女は、ふっくらとした指をしきりに揉みながら口を開く。

「リルカシュさまのことを、エドラントさまの淫心をなだめるためだけのオメガだと噂する者もおります。でも……、私たち、後宮の侍女は違います。つがいになられた暁には、どんな正妃さまが来られても、変わらずにお仕えします。どうぞ、ご安心ください」

頬を赤く上気させ、侍女はまるで少女のように自分のスカートを掴んだ。忠誠を誓うように沈み込んで一礼する。

ゼファはたじろぎ、視線をそらした。

「……つがいには、ならないと思います」

「え？　ど、どうして……」

慌てふためいた侍女の声が裏返る。

「エドラントさまはご満足されています。ふたりの相性は、間違いないじゃありませんか」

「そうでしょうか。快感だけでつがいになるのなら……。よしましょう、この話は。陽差しに似つかわしくない」

そう言って、ゼファは長い袖を翻した。

快感だけでつがいを選ぶとしたら、エドラントは愚かなアルファだ。

しかし、ほかにどんな理由をもって、アルファはオメガを選ぶべきなのか。肝心なところが、ゼファにも思いつかない。

イルリ・ローネの王室には『王族出身の正妃』しか認めない慣習があることは知っていた。

王室内部よりも、国民の反発が強いのだ。

正妃がオメガでなければ、つがいには貴族のオメガを側室として置くことになる。イルリ・ローネの王位継承権は、かつてのエアテリエと違い、アルファのみに与えられるので、つがいの存在は不可欠だ。

「リルカシュさまは、エドラントさまがお嫌いなんですか。……もしや、国に……」

「そんな噂があるのなら、あなたが消して回ってください」

ゼファは毅然とした態度で答えた。あいまいな返事をして、妙な噂が出回るのは避けたい。リルカシュの身代わりである以上、彼女の名前は汚さずに返したかった。書類上はイルリ・ローネへ行儀見習いに出たことになるのだから、きっと良縁に恵まれるだろう。

「申し訳ありません。あの、そんなつもりではなく……」

青くなった侍女が謝罪を繰り返し始める。なだめたゼファは、庭の木々の向こうから聞こえてくる旋律に気づいた。

「あれは後宮にいる楽士の竪琴(たてごと)です」

侍女も耳をそばだてる。

「リルカシュさまが来られるまでは、エドラントさまのお慰みと言えば、あの音色で……。後宮に近い東屋(あずまや)でも演奏させてくださるので、私たちも楽しみにしています。あ、でも、エドラントさまのご健康が一番ですから、楽士と過ごされるよりは、リルカシュさまの元へお渡りになる方がよっぽどいいのです」

実はおしゃべり好きなのだろう。侍女は自分の胸を押さえて息を吸い込んだ。

「あの楽士は、昼間はこうして、庭のどこかで演奏しています。まるで影のような人で、いつも黒ずくめなんですよ。話しかけても、返事をしないものですから、口が利けないのではないかと噂を……、また、余計なことを」

くちびるをきゅっと結んだ侍女からは、育ちの良い屈託のなさが感じられた。はにかむ表情に悪びれた様子がなく、からりとしている。だから、失言にも嫌な気にはならなかった。

竪琴の旋律を背にして、ゼファは自室へ戻る。すぐに書物が届き、辞書はテーブルの上に据え置かれた。豪華な装丁の書物も小さくはないが、窓辺の長椅子に座り、立てた膝を読書台代わりにして読むのに、ちょうど良い大きさだ。

飛ばし飛ばしに頁をめくると、しっとりとした感触の紙が指に吸いつくように心地よく、本文は粗雑な印刷ではなく丁寧な手書きだった。几帳面に整った、読みやすい文字だ。

性別までは推しはかれないが、読み手に対する優しさが感じられる。

おそらく写本であろう書物に対して抱く感想ではなかったが、ゼファの心は温かくなった。まるで、優しい人からの手紙を読むようだ。

目次を視線でたどり、ゼファは不思議な想いに駆られた。

そこから読み取れる書物の内容は、想像したものよりも堅い印象だ。国家の成り立ちや統治について書かれている。

年老いた司書が、まるで魔法使いのように感じられ、心を読まれたのではないかと震えながら、頁を繰る。

ゼファが求めていた知識は、まさしく、そこにまとめられているような内容だ。

ささやかな興奮を覚えながら読み始めると、端正な文字で綴られた文章が平易なのに比べ、内容は難解に思えた。

三国同盟を結んでいるエアテリエとイルリ・ローネ、そしてミスカギートは同じ言語体系を持っている。違いは、わずかな発音の違いと、言い回しの差でしかない。

だから、難解に感じるのは、ゼファ自身の教養のなさが原因だ。知らない言葉が次から次へと出てきて、そのたびに辞書を引かねばならなかった。

ゼファは夢中になり、昼寝も忘れて没頭する。読めば読むほど、調べれば調べるほど、知識が身に染み込み、同時にあれこれと思案した。

気がついたときには夕暮れが窓の外に迫り、侍女が夕食を運んでくる。

空腹が満たされたゼファは、急激な眠気に襲われた。

エドラントを迎えるための昼寝を忘れていたからだ。うっかりしたと後悔しても遅く、身体を清めても頭は冴えない。

侍女が退室してひとりになったゼファは、ふらふらと長椅子に腰掛けた。大きなあくびをした。と思ったあとの意識が途切れてしまう。

次に気がついたとき、まぶたは閉じられていた。うたた寝をしたと気づき、目をこすりながら起き上がると、身体から柔らかな布地がすべり落ちる。

テーブルのそばに立つ男の背中をぼんやりと眺め、しょぼつく目を指でこすった。そこにいるのはエドラントだ。

「起きたのか」

低い声は穏やかだった。エドラントは基本的におおらかで、感情の起伏が少ない。

初夜で見せた居丈高な振る舞いは、夜伽を務める相手から情を移されないためであり、王として振る舞う演技のひとつだ。

「すみません。お迎えしなければならないところを……」

「本を読んでいたんだな」

「つい夢中になりました。昼寝を忘れてしまったので、眠たくて」

言ったのと同時にあくびが出た。途中では止められず、二回続けてしまう。

静かに笑ったエドラントは、テーブルの上で開いたままの辞書を撫でる。それから、そばに置いてある書物を手に取り、表裏を確認した。

頁をパラパラとめくって、テーブルへ戻す。

「こんな内容が面白かったのか」

椅子に座ったエドラントが足を組むと、ガウンの裾がはだけた。すらりと形のいい足があらわになる。

ゼファの心臓がドキッと跳ねた。性的な雰囲気を感じたのは、行為の最中にもつれ合い、こすりつけられる肌の感触を思い出したからだ。

ほぼ無毛のゼファと違い、エドラントの体毛はしっかりと生えている。特に膝下は、毛並みが感じられるほどだ。

剛毛ではなく、柔らかに生え揃っていて、触り心地はなめらかだった。

「この書物は、私が写したものだ」

手のひらを書物の上に置き、とんとんと指で叩きながらエドラントが言う。

「帝王学を学ぶ途中の課題だった。出来上がったときは嬉しかったものだ。装丁も紙も最高級のものを選んで仕立てた。……本来なら、おまえもしたことだろう」

なにげない口調で言ったエドラントが振り向く。

手の届かない距離で、ふたりは真剣に見つめ合った。

「ゼファ・ガバルシュビッツ。エアテリエの、忘れられた第一王子。間違いないな」

問われたが、ゼファは答えない。

「おまえのことを調べた。……当然だろう」

「いまは平民以下です」

平然と答えたつもりが、声に震えが出る。くちびるを噛んだゼファは立ち上がった。

「生まれ育ちを話しても意味はありません。リルカシュは、世話になった貴族の姫君で、妹のように思ってきた娘です。だから、あなたの淫心に晒すには忍びなく……」

その場でガウンの帯を解く。脱ごうとすると、部屋を大股に横切ったエドラントの手に止められる。

「今夜は、もういい」

「ご慈悲ですか」

毎晩毎晩、朝まで抱いてきた罪悪感かもしれない。

それとも不遇の王子に対する憐れみだろうか。

ゼファのガウンを引き合わせたまま、エドラントはくちびるの端を歪めた。皮肉げな笑みを見せる。

「おまえは勘違いをしている。人質を取りはしたが、性奴隷をもらい受けた覚えはない。そんなものを望むように見えるか？　……おまえにしてみれば、同じだったかもしれないが」

「いえ。それは……」

「国のために身代わりになったと言っただろう。それが気にかかった。新しい王は腹違いの弟だな。病を得ていると聞いているが……、そんなに悪いのか」

「わかりません」

ゼファははっきりと答えた。

「弟がアルファだとわかってからは会うことも手紙を交わすこともできなくなりました。国の情報もろくに得られずに過ごしてきたので、詳しいことは知りません」

「戻れば、つがいをあてがわれることになるだろうな。いまは忘れられていても、おまえは第一王子だ」

「……それは」

ゼファはまた黙り、くちびるを引き結ぶ。不安が胸に溢れてくる。

パヴェルは国政に参加できると言ったが、どこまで信じていいのかわからない。

ガバルシュビツの血統を継ぐため、アルファとつがいになって子を生す。それが弟のアテームにしてやれる唯一のことだと考えはするが、王宮内の権力争いに対してゼファは無力だ。それに、子を生すためのみのオメガになることは、考えるだけで気が滅入る。

「世間知らずと、言ってください」

うつむくと、ガウンの合わせを押さえているように、手を促される。ゼファが従うと、エドラントが床に落ちた紐を拾い上げ、腰へ手早く結びつけた。

「自虐的なことを言うのはよせ。つまらない行為だ」

片手にあごを持ち上げられる。ゼファがかたくなに目を伏せていると、エドラントはふざけたようにくちづけをした。かすかにくちびるが濡らされ、息が吹きかかる。

「ヒートが来たら、おまえをつがいにする。その覚悟があるか」

エドラントの言葉に、ゼファはびくっと身をすくめた。

息がうまく吸い込めず、動悸が激しくなる。

「私のものになるといい。ゼファ。少なくとも、不幸にはならない」

感情のない声で誘われ、背中に冷たいものが流れ落ちた。怯えがスッと遠のき、ゼファの頭の中がすっきりとする。

理由はわからない。ただ、エドラントの言葉が本気だとは思えなかった。

それは、初めて身体を重ねた夜からずっと感じているエドラントへの疑問でもある。

彼には、情動が存在していなかった。快感を追い求め、欲望に溺れているときでさえ、皮肉な笑みを浮かべることがある。

ゼファをつがいにすると言うが、それほどの激しい衝動は感じられない。そもそも、彼が本心で求めているのは女性オメガだ。好みではない男性オメガで手を打つ必要はない。これからだって、いくらでも相手を探せる身分だ。

目の前の相手を見つめたゼファは数回、まばたきをした。

忘れ去られた王子だと知り、からかっているのだ。そう思うと、ゼファの心はいっそう冷めていく。

背の高いエドラントを見上げ、ゼファはゆっくりと息を吸い込んだ。リルカシュの身代わりであっても、ゼファにはエアテリエを想う矜持がある。エドラントのつがいになれば、アテームを見舞うことができるとしても、受け入れることはできなかった。

「わたしをつがいにして、ほかの正妃を娶る自信がおありなら、どうぞ」

放った言葉は微塵も震えなかった。

それがゼファの本心だ。かつては父に人生を支配され、今度は、目の前のアルファに支配されようとしている。それがオメガの運命だとしても、誘われるままに流されたくはない。

自尊心を忘れ、易きに流れる選択は、一度でじゅうぶんだ。

「考えておこう」

エドラントは軽い口調で答え、くちびるの端に笑みを浮かべる。

「もう今夜は眠るといい」

想像とは違う言葉をかけられ、ゼファは驚いた。エドラントのガウンを引く。

「しないんですか」

「……この数日間で、飢えは満たされた」

艶(なまめ)かしい瞳のエドラントは、ゼファを寝具の中へ促し、言い聞かせるように続ける。

「おまえの身体はたまらなくいい。最後まで私についてくるところが、最高だ。……だから、明日は褒美をやろう。よく眠っておけ」

「……褒美？　それなら、書物が」

「読むだけでは、完全とは言えない。今夜も添い寝をしてやりたいが、そばにいると欲情しそうだ。……また、明日」

スッと身を引いたエドラントは、出ていく間際に言った。

「おやすみ、ゼファ。いい夢を」

穏やかな夜の挨拶が、ひとり残された静寂に溶ける。

いつか、遠い日に聞いた母の声色を思い出し、ゼファは目を閉じた。うかつにも、まぶたの裏が燃えるように熱くなっていく。

エドラントに対し、自尊心を見せることができた自分が信じられない。幾度となく抱かれ、屈したはずの心に隠されていた尊厳だ。

地位を失い、忘れられていても、奪われることのないものがある。

ゼファの体内に流れる王族の血が、幼い頃に学んだ事柄が、向上を求めて知識を欲する。たいていのオメガには不要であっても、ゼファには必要なものだ。

やがて、侍女が入ってきた。ゼファが眠っていると思い、静かに動く。窓の吊り布が引かれ、明かりが消される。

ひとり残され、ゼファは暗闇の中でまぶたを開く。

この数日、眠る間際にはエドラントがいた。事後の余韻を抱えるように引き寄せられ、体温の高い肌へ頬を寄せて眠りについた。

今夜は冷たい枕が頬に押し当たるばかりだ。

寂しいと感じて、また目を閉じる。

遠い昔、ひとりで眠れるようになったゼファに声をかけ、そっと扉を閉めたのは母だった。病気で亡くなったと聞いたが、真実はわからない。

密通の疑いをかけられた末に、王の手にかかって殺され、それによって、不義の子であるゼファと国中のオメガを迫害したのだと、口さがないことを言う者もいた。

もちろん、弟のアテームを産んだのもオメガだ。しかし、アテームの母は女性オメガだった。ゼファはやがて眠りに落ちる。男性オメガだった母の顔は、覚えていない。

だから、夢に見たのは、ゼファ自身の姿だ。

栗色の髪をした、たおやかなオメガ。憂いに満ちたまつげが、震えるように揺れて瞳をふちどる。その瞳に映っているのは、ひとりの男だ。
いつか、つがうことになるアルファだろうと、夢の中のゼファは考える。
それは、灰黒色の豊かな髪をなびかせた美丈夫のアルファだった。

【2】


「乗馬が苦手なら、初めに言ってくれ……」

濡れた布を額へ載せられ、ゼファは目を閉じていた。小川を渡って吹く風はそよそよと涼しく、異なる鳥のさえずりが重なって聞こえる。

遠く、男たちの笑い声が響いた。

「いや、無理をさせた私が悪いな」

語りかけてくる声の主はエドラントだ。横たわるゼファに膝を貸している。

ふたりは白いシャツ姿だった。ズボンの裾を押さえる乗馬靴は脱ぎ、ジャケットと一緒に草の上へ転がしてある。

「申し訳、ありません……」

ゼファは沈みきった声で謝罪した。うっかり落馬してから、何度も同じ言葉を繰り返している。それしか口にしていないぐらいだ。

エドラントが用意していた褒美は、親衛隊に交じっての視察だった。十人ほどの集団で、エドラントは前方に、ゼファは後方に並んだ。乗馬には自信があり、町を抜けたところまでは順調で楽しくもあった。

幼い頃は王宮で育ち、成長してからは辺境の地しか知らない。王都の雰囲気は初めてで気分が高揚した。

褒美にはじゅうぶんすぎるほどだったが、しばらくすると、初夏の陽差しにあてられ、耐えられなくなった。

着慣れないジャケットの中に熱がこもり、連日の行為で疲労した腰も痛み出す。

姫君が男装していると信じている隊員から、もう少しで休憩だと声をかけられ、思わず気がゆるんだ。傾いだ身体をとっさに押さえられたが遅く、自分でしがみつくこともできないゼファは、ずるずると落馬してしまった。

あとは大騒ぎだ。先頭に位置するエドラントへ知らせる者、休憩場所を確保する者、ゼファを救護する者と、親衛隊は素早く分かれて走り回る。

見事なまでの働きぶりで、どこからともなく用意された戸板に乗せられ、ゼファはあっという間に川べりの涼しい場所へ運ばれた。

遠くに聞こえる笑い声は、歓談している彼らのものだ。朗らかに楽しげで、迷惑をかけてしまったと悔いるゼファの心もわずかに癒やされた。

「馬には乗れたのか？」

エドラントに尋ねられ、うなずきを返す。辺境の地でも、ときどきは借り馬に乗り、草原や林に出かけていた。

「そうか。ならば、やはり、私の配慮が足りなかったな。……すまないことをした」

背を向けて横たわっているゼファの、額に載った布がずらされた。光を感じて細く開いた目に、影がかかる。エドラントの顔がそこにあった。

心配げな表情は真剣そのものだ。ゼファと視線が合うと、口元をかすかに引き上げた。柔らかな微笑みが精悍な顔立ちに浮かぶ。

強い風が吹き、下向きに枝を伸ばした木々の葉が揺れた。木漏れ陽（こもれび）が流れるように動き、ゼファの視界がチカチカとまたたいた。鳥のさえずりが止まり、飛び去る羽音が響く。

瞳には、エドラントしか映らなかった。仰向けになり、腕を伸ばす。躊躇はなかった。

抱えるように引き上げられ、靴下で川岸の短い草を蹴る。

エドラントの前でも、ゼファは比較的、自由に振る舞うことができた。人質同然だが、奴隷ではない。周囲の認識通り、ふたりは『王と行儀見習いの姫』だ。

籠絡（ろうらく）しようと目論むわけでもないのに、膝の上に抱かれたゼファは甘えたようにもたれかかる。片手を肩へ預け、もう片方は、エドラントの腕の下から背中に回した。

当然のようにくちびるが触れ合い、ゼファの耳から音という音が消えていく。

まぶたも閉じずに交わすくちづけは甘く、一瞬が、まるで永遠のようだ。互いのくちびるが息を継ぐために離れ、ふたたび触れ合うまでの間に、鳥がさえずった。

どっと沸（わ）いた親衛隊の笑い声は遠く、ゼファとエドラントには関わり合いがない。

「ゼファ」

息遣いで名前を呼ばれ、伸び上がるように背をそらす。子どもを抱えるように横抱きにされたゼファは、また背中を引き寄せられた。

くちびるが肌をかすめ、エドラントの舌先に誘われる。

夏草の爽やかな匂いがして、ゼファはたまらずに膝を動かした。

きつく抱いて欲しかったのだ。夜ごとの交わりのように、骨が軋むほどに抱き寄せられたい。

夜のうち、背中から肩に回されるエドラントの手は、指先が食い込むほど強くゼファを抱くことがあった。決まって腰の動きも激しくなり、喘いで逃げ惑うゼファのくちびるは、秩序のないくちづけに追われる。

ゼファが逃げるのは、快感に怯えるからだ。

アルファの匂いと激しさ。そして、独占される悦びは淫靡だった。なにもかもを投げ出して奪われたくなってしまう。

しかし、いまは素肌で触れ合っていない。夜とは感覚が違った。

ふたりのくちづけは穏やかで、絡み合う舌も、鳥のさえずりほどの音を立てていない。

そよ風の中に、小枝を踏む音が聞こえ、

「エドラントさま」

静かな呼びかけがなされる。

「昼食が届きましてございます。お持ちしてよろしいでしょうか」

親衛隊の隊長は、木の陰に隠れたままで膝をついている。エドラントは背を向けており、上半身を横抱きにされたゼファの視界の端には、彼の頭だけがチラリと覗く。

「野暮だな」

エドラントが笑いながら答える。

「運んでくれ」

「承知いたしました」

隊長が去ると、ゼファの身体は抱き起こされた。そのまま隣に並ぼうとしたが、エドラントの膝の間へふたたび誘われる。

「もたれているといい。おいで」

手招きまでされて、ゼファはからかわれているのだと思った。しかし、エドラントの表情は平然としていて、ふざけた雰囲気ではない。

断ることができずに、足の間に身を置いた。エドラントの片膝を両足でまたぐと、上半身を胸へ預けるように促される。

「落ちたときに、どこも痛めなかったか」

匂いを嗅ぐような仕草で、鼻先が髪へ触れる。ゼファは小さく飛び上がった。

エドラントは可笑しそうに笑い出す。

「くすぐったかったか？」

「……機嫌が、よろしいんですね」

「おまえの落馬が面白かったわけじゃないぞ。やっと安心したんだ。連絡が来たときは、心臓が止まるかと思った」

「ご迷惑を……」

言いながら、ゼファは不思議な感覚に陥る。自分が馬からすべり落ちたことで、どうしてエドラントの心臓が止まるのかと考えたからだ。

夜伽の相手がいなくなるから。人質に傷をつけてしまうから。

理由はいくつも思い浮かんだが、そのどれもが、エドラントの表情にはそぐわない。

「町を見ることしかできなかったな。もう少し、農村部を案内してやりたかったが……。それは今度にしよう」

「また、連れてきてもらえるんですか」

ゼファは驚いたが、エドラントは平然として続けた。

「イルリ・ローネとエアテリエでは、町の規模や雰囲気は違っているだろう。しかし、農村部の暮らしはどこも同じようなものだ。人の暮らしというものを見ておくことは、書物で得た知識をなぞって再確認する、大事な学びになる。民衆の求めるものを知り、生活を守ってやることが国政だ。……しかし、生活を豊かにすることばかりに傾いてもいけない。大事なのは、生きている人間の心を、そのときどきに満たしてやることだ」

エドラントが話をしている間にも、昼食が運ばれる。

パンとジャム。それから、ハムと野菜が少し。

「スモモの果実水を分けてもらいました」

エドラントと同じ年頃の隊長がボトルを置く。すぐには立ち去らず、エドラントに向かって微笑んだ。

「そのような話は、退屈なさるのではありませんか」

ゼファをオメガの姫だと信じて疑わず、男装して乗馬に付き合わされたことにも同情しているらしい。

「心配には及ばない。並のオメガではないのだから」

エドラントは事もなげに答えた。

「……私の話もよく理解しているし、学ぼうとする志もある」

「それは……」

変わったオメガだと言いかけたのだろう。ハッと口をつぐんだ隊長が顔を伏せた。

「お邪魔をいたしました」

素早く立ち上がって離れていく。

「あんなことをわざわざ言わなくても……」

ゼファが眉をひそめると、エドラントはかすかに笑った。パンでジャムをすくい、ゼファへ手渡す。

「おまえに対する扱いの有り様は、早いうちに示しておくべきだろう」

「……わたしは身代わりで……」

ゼファは声を小さくして訴えた。エドラントの片眉の最後がほんのわずかに跳ねる。

「つがいに、なりたくないんだな」

「国へ、帰りたいんです」

ゼファは答えをごまかした。しかし、エドラントは問い直さない。片腕にゼファを抱いたまま、パンにジャムをつけて口に運ぶ。

「おまえは、自分が普通ではないことを自覚していない」

「書物のことですか？」

「そればかりじゃない。身体のこともある。……私にあれほど抱かれて、自分を保っていられるのも不思議だ。しかし、そろそろヒートも来るだろう。……つまり、私のことしか考えない期間がやってくる」

言われても、ゼファにはまるで実感がなかった。

「ヒートとは、そういうものですか。動物と同じような発情期でしょう。身体が妊娠の準備をする。一度や二度のヒートでは準備が整わないはずでは？」

「耳年増だな、ゼファ」

にやっと笑ったエドラントは、年相応の若者に見えた。パンを置き、グラスをひとつ、ゼファに持たせる。ボトルの栓を抜いて、グラスへ注いだ。

スモモの果実水は、澄んだ紅玉の色をしている。エドラントはボトルを倒すことなく、片手で器用に栓をした。野外の食事も慣れたものだ。

「はっきりと教えておこう」

エドラントが、ゼファの手からグラスを取る。果実水を飲み、眉根を引き絞った。

「ヒートが来ても、来なくても、たいていのオメガは私に夢中になる。精液が濃いと言っては泣きむせび、奥を突かれた絶頂で失神したことにも、うっとりするものだ」

「……あけすけすぎませんか」

爽やかな木漏れ陽が、途端に淫靡な気配だ。

「わたしがそうならないのが、おかしいという話なら……困ったな……。鈍感なのでしょうか？」

首を傾げると、エドラントが笑い出す。

「あぁ、果実水がこぼれそうだ……。まさか、そんなことはないだろう。感じていない身体は、あんなにも跳ね回ったりしない。それに、ねっとりといやらしく絡みついてくるじゃないか」

「そこのことは、わかりません」

ゼファは不機嫌に答え、からかってくるエドラントの手からグラスを取った。中身をひとくち飲んで、エドラントがしたのと同じように眉根を引き絞る。ほんの少し酸っぱさがあとを引く。それが、甘さと合わさって、癖になるおいしさだ。

「初めて、飲みました」

色っぽい話を忘れ、ゼファはからりと笑う。

「スモモはこんな味がするんですね」

「これは少し、酸っぱい。砂糖を入れていないんだろう。飲みすぎると味が尖るから、パンを食べてからにしろ」

「そうですか？　……わかりました」

素直に答え、パンにかじりつく。それから、ふと思い出したように顔を上げた。

「精液が濃いと……泣けるんですか？　なんだか、それは変だな。変じゃないですか」

「私に聞かないでくれ。変だと思うから、相手にしなかったんだ」

「……アルファも大変ですね」

渡されたパンを食べきって、グラスを両手で持った。果実水が注がれるのを待つ。

エドラントはうんざりしたように言って、ボトルを傾ける。ゼファのグラスを満たし、片手と片膝でゼファの背中を支えたまま、眩しそうに目を細めた。

「アルファが、じゃない。私が、大変なんだ」

気づいたゼファは、空へ視線を向ける。エドラントが眩しがる光の源を探そうとしたのだ。

重なり合う木々の葉を見回し、爽やかな風に頬を委ねて川を見た。きらきらと輝く水面に、答えを見つけた気分で振り向く。

ボトルを置いたエドラントの手が、ゼファの口元を拭う。

ジャムとパンくずのかけらが、男の太い指先に移った。当然のように、エドラントは自分の指を舐めた。

ゼファは息を呑み、どぎまぎと視線を揺らす。胸の奥がキュッと詰まり、まるで水面を跳ねた陽差しで射抜かれたように目を細めた。

エドラントは、なにも問わない。動きを止めたゼファの手からグラスを取り、果実水を少し口に含んで顔を寄せてくる。くちびるが触れ、少しずつ開いていく。甘酸っぱい果実水を分け合う間、ゼファはまぶたを閉じた。

親衛隊のにぎやかな声は遠い。鳥のさえずりは愛らしく、風が木々を揺らして吹き抜ける。川で跳ねた魚が、ぱちゃんと音を立て、また静かになった。

それから、ふたりの行為は二日に一度になった。

ゼファがなぜと問うと、積もりに積もっていた欲求不満が解消されたからだとエドラントは答えた。

もちろん、ゼファに不満はない。さすがに連日連夜では命が危ういからだ。

しかし、まったくなくなってしまえばいいとは考えられなかった。『淫心の王』に与えられる快感の大きさが忘れがたいことも事実だが、夜伽の前後に交わす会話がゼファには楽しみだ。大きな慰めであり、学ぶことも多い。

リルカシュの両親ともときどきは会っていたが、彼らはあまりに鄙(ひな)びた善人だ。ゼファが王子であることを知っているので、ふとした瞬間に憐憫(れんびん)の表情が垣間見(かいまみ)え、心の壁はついに取り払えなかった。

エドラントとの行為は減ったが、後宮にはほぼ毎夜訪れる。望まれた際には身体を開き、回数を重ねることもあれば、二度ほどで眠りにつくこともあった。

どちらにしても、後宮へ渡ってきた夜のエドラントは、自室へ戻らない。

ふたりで湯を使い、身体を冷ましている時間で、ゼファはその日に読んだ書物の難解な部分を質問する。エドラントは億劫な素振りも見せず、わかりやすく説明してくれた。

会話がひと通り終わると、寝台に並んで横たわり、どこかしらを触れ合わせたままで眠る。

途中で目が覚めても、どちらからともなく相手に触れた。エドラントから手を握ってくることもあれば、ゼファが足を伸ばすこともある。

朝になると、ふたり分の朝食が運ばれ、エドラントは手早く食べ終えた。

会議や陳情の対応で忙しい上に、親衛隊だけでなく、近衛隊や騎兵隊の訓練も日を変えて順番に視察しているからだ。

そこにも、ゼファは同席を許された。見せてくれるものはすべて珍しく、書物で読むだけでは理解の及ばなかったことが数えきれないほどある。

絡み合う利害と経済の在り方、成果を積み重ねて作られる国政と国家の歴史についても、エドラントは惜しみなく語ってくれる。

見るもの、得るものは、ゼファの目を通して、母国・エアテリエへの想いになった。おのずと、弟・アテームのことを案じずにいられない。

若いだけでなく、病を得ているのだ。彼の後見人は、王族のひとりであるドレイム・ルータイだ。人物像については、エドラントが教えてくれた。やや神経質だが実直な性格で、国王急逝の混乱も、彼の手腕によっておおよそ収まりつつあるらしい。

窓際の長椅子に足を伸ばしたゼファは、手元の手紙から視線を上げ、かすかに聞こえくる旋律に耳を傾けた。

細く開いた窓の隙間(すきま)から、夕暮れの風とともに流れ込んでくるのは、なめらかな技巧に彩られた竪琴の幻想的な響きだ。

後宮にほど近い場所で演奏しているのだろう。窓を開けて外を見たが、それらしき人影は見あたらない。後宮は二階建てで、ゼファの部屋は上階の片側だ。目前に広がる庭の手前は芝が整えられ、花壇が造られていた。その奥には、木々が無秩序に立ち並んでいる。

後宮の暮らしは退屈だが、庭も建物も、荒廃していた辺境の館よりは遥かに情緒的だ。みすぼらしさで途方に暮れることもない。

ゼファはふたたび手紙に視線を落とした。送り主はパヴェルだ。アテームの病状の好転や、自宅で身を隠しているリルカシュの健在が、それとなく書かれていた。

そして最後に、もっとも婉曲な言葉選びで、エドラントとの関係を問う一文が綴られている。パヴェルは約束を忘れていなかった。ゼファの身を案じ、面会をイルリ・ローネの王国議会に断られ続けて焦っているのがわかる。

ゼファは返事を書かなければならなかった。オメガとして道をつけられ、夜伽も続いている。しかし、つがいにはされていないし、されるつもりもないと、検閲の可能性も踏まえた文言で伝える必要がある。

いっそ、エドラントに面会を頼んでみようかと思ったが、躊躇した。見返りを求められることは避けたい。

手紙を折りたたんで封筒へ戻し、読みかけの書物に挟む。テーブルのそばに立ち、揺れる袖を見つめた。たっぷりとした布地は柔らかな絹で、若草色の染めも美しい。

ぞろりとした長着は足首までを覆っていたが、やはり暑さも感じずに快適だ。

顔にかかる後れ毛を耳にかけ、うなじをなぞる。昨日の夜はひとりだった。その前の夜に残された鬱血は、もう消えかかっている。

行為のあった証しだと、初めて見たときは悲しかった。望みもしない性行為で乱れるオメガの性質は、他人から見ても浅ましいだろう。もしも、その姿がアルファだけを悦ばせ、興奮を感じさせるとしたなら、歪んだ性欲のような気もしたぐらいだ。

『本当の愛というものは、存在しない』

それが、一緒に暮らしたローマンの口癖だったと思い出す。

オメガの幸福を得ようとアルファへすり寄ることは薄汚い貪欲だと、目を吊り上げ、鍛え抜いた肩の筋肉を震わせて怒っていた。ローマンはいつも不機嫌だ。冗談を口にして笑うことはあったが、その場しのぎの会話は絶対にしなかった。

暴漢がやってきても追い返すのだと、毎日かかさずに続けていた武術の稽古や、少しでも金銭を得られるようにと、ゼファにも教え込んだレース編みの技術。

どちらも厳しく、容赦がなかった。レース編みの技術はゼファの身についたが、武術はローマンほどにならなかった。

オメガが鎧のような筋肉を身につけるためには、よほどの鍛錬と精神的な強さが必要になる。

「……ローマン」

ずいぶんと久しぶりに口にしたせいで、まるで知らない相手の名前に思える。ゼファは、あえて顔を想像しなかった。胸の奥はじくじくと痛み、ともに暮らした月日の長さと、傾けられた情熱と、日々の細やかな気遣いがよみがえる。

十年ばかりの暮らしの中でさえ、ローマンはいつも燃えていた。ときが来れば、ゼファは必ず王宮へ帰ると信じていたのだ。それが、ローマンのたったひとつの望みであり、一方では、絶対に叶わない現実でもあった。

パヴェルの持ちかけた話に激怒したときのローマンが、ゼファの胸をよぎっていく。すでに遠い記憶だ。詳細はまるで思い出せない。

ゼファを見捨てたローマンは、どこへ逃げたのだろうか。

疑問が胸を塞(ふさ)ぎ、恋人でもいたのかもしれないと考える。そんな余裕を持てる日々ではなかったはずだが、絶対にないとは言いきれない。

そうであるのなら、それもいいだろうとゼファは息をつく。

なにがあっても絶対に売らないと決めていた母の形見の宝石が、ローマンの人生の足しになるなら、この十数年ばかりの献身に報いることもできる。そう考え、ゼファはテーブルのそばの椅子に腰掛けた。

もうじき、ゼファには動物的発情(ヒート)がやってくる。身体の奥が第三次性徴ともいうべき変化を迎え、アルファのための身体になるのだ。

体温の上昇、アルファを誘う発情期の匂い、滾(たぎ)る欲情と巣作りの本能。

巣作りは、好ましいアルファの匂いがついた衣服を集め、オメガがふたりの寝床を作ることをいう。低俗な書物には、より良い受精のために、オメガ自身が安心できる環境を整えるのだと書かれていた。

ローマンは、ただの雰囲気作りだと鼻で笑い、つがいになったら最後だと吐き捨てるように言い添えた。

自分で身を守り、働いて糧を得る。つがいを見つけなくても、性行為をしなくても、定期的なヒートはやり過ごせるのだと繰り返し実践してみせた。

大きな手で編んだレースは繊細で、ふたりが生きていく程度には売れたのだ。数ヶ月に一度訪れるヒートも、寝台でじっとうずくまってやり過ごしていた。

いつ、道がつけられたのかは、わからない。相手も不明だ。聞くことは憚られ、お互いに一度も口にしなかった。

椅子に腰掛けたゼファは、窓の外へ目を向ける。いずれやってくるヒートが不安で、どうしてもローマンのことを思い出してしまう。見捨てられてもなお、頼りに思い、思うからこそ、裏切りが身を切るようにつらい。

いつのまにか、竪琴の旋律が消え、窓の向こうには静かな夜が広がっていた。

部屋の扉が叩かれ、侍女が夕食の時刻だと告げる。ゼファは立ち上がり、室内にある食事用のテーブルへ着いた。

「今夜はお渡りですよ」

侍女が嬉しそうに微笑んだ。中年のふくよかさは、癒やしを感じさせるにじゅうぶんだ。彼女自身の性質も朗らかで、気配りも細やかで優しい。

「お身体の調子はいかがですか？　変化を感じることがありましたら、すぐにお申し付けください。最初のうちは、強い症状が出ますから」

「……もう何度も見てきたんですか？」

後宮に入ったオメガたちのことだ。

「それは、まぁ……」

侍女はあいまいに答える。ゼファはなおも問いかけた。

「どんなふうになるのか、知っていたら教えてくれませんか。……最初の頃のことは、教わったことがありません」

「そうですわね。みんな、そうでした。でも、心配には及びません。リルカシュさまには、エドラントさまがおられますから。すぐに楽にしてくださいます」

「楽に……」

繰り返したゼファに、侍女はやはり逃げ腰な笑みを浮かべた。

「さぁ、冷めないうちに召し上がってください」

温かい食事を勧められ、ゼファは黙る。閨のことなど、食卓にふさわしくない話題だ。

侍女は視界の端で控え、たわいもない世間話には答えてくれる。

「もうじき、町の祭りがあります。イルリ・ローネの夏祭りは、それはもうにぎやかで……。

私も、娘の頃には喜んで参加しました」

「あなたは、ここから出られないのですか？」

「いいえ。許しを得れば、自由に出かけることができます。でも、もう、いいのです。……夏の祭りは」

とてもいい思い出があるらしく、侍女の頬が赤く染まる。

「ほかにも、祭りが？　いま、『夏の祭りは』と言ったでしょう」

ゼファが問いかけると、侍女の両肩がぐっと持ち上がった。

「まぁ、そんな……」

頬を押さえ、恥ずかしそうに身をよじらせる。

「外出の許しは、年に何回と決められているのです。私は、秋の祭りを待っているんです」

「いい人がいるんですね」

頬を染めた侍女の仕草に、ゼファはほろりと言葉をこぼした。

「私の話なんて、どうでもいいではありませんか。さぁ、早く、さぁ……」

食事を促しながらも、侍女はうずうずしている。本当は話したくて仕方がないのだろう。そんなに浮かれていて、秋まで待っていられるのだろうかと、ゼファが心配になってくるほどだ。

「退屈だから、聞きたいな」

食事をしながら、話をねだる。ためらいながらも侍女は口を開いた。

＊＊＊

数日後。夜が更けてから渡ってきたエドラントは、挨拶もそこそこにゼファを抱き寄せた。

腰を屈めるようにして顔を覗き込まれ、くちびるが重なる。

指で耳たぶをこねられ、ゼファは気恥ずかしさに肩をすくめた。

「遅かったですね。お忙しかったんですか……」

舌が忍び込んでくる前に、くちびるを指先で押しとどめた。

「目を通す書類が山ほどある。今日はいつもより多くこなしてきた」

「大事なお仕事ですね」

「おまえのためだ」

するりと甘いことを言われ、ゼファは首を傾げる。エドラントの言葉は、ときどき、ひどくくすぐったい。羞恥を感じて離れようとした腕を掴まれ、振り向いた足の間へ踏み込まれる。

ガウンがはだけた。

「明日は、ふたりで外へ出よう」

エドラントはいつも唐突だ。

「外、ですか」

「そうだ。町で祭りがある」

ゼファは、侍女から聞いた夏祭りの話を思い出した。

「執務があるのでは……」

「放棄だ」

あっさりと言って、エドラントはもう一歩踏み込んでくる。後ろへさがったゼファは、あっという間に寝台の上に押し倒された。しかし、乱暴な行為ではない。

背中を支えられ、弾みもつけずに横たわる。腰紐がほどかれ、ゼファはガウンを脱ぐ。長い髪を身体の下からよける。

それをさりげなく手伝うエドラントが言った。

「書類はあらかた片付けた。陳情は明後日か、代理でもかまわないものばかりだ」

「……夏祭りの話は、侍女から聞きました」

そして、秋祭りに会う約束をした男との恋の話もだ。相手の仕事の都合で、夏祭りに会うことができず、秋を心待ちにしていると話した侍女の表情は、少女のようでありながら艶気に溢れていた。

「興味はないか？」

エドラントの指先が鎖骨をなぞる。次に手のひらが胸へとすべった。

「……んっ」

膨らみきっていない突起を撫でられ、じわりと、情欲の熱が生まれる。

エドラントは恋をしたことがあるのだろうかと考え、美丈夫の瞳が希望で輝くのを想像してみた。しかし、うまくいかず、ゼファは眉をひそめた。

「夏祭りに……、ご一緒します」

息を弾ませながら答えると、もう片方の胸にエドラントのくちびるが押し当たった。すぐには突起に触れず、焦らされる。ゼファは身をよじり、エドラントの髪に指を絡めた。

「あ……ふっ……」

膝で足を開くように促され、おずおずと従う。立てた膝をゆっくりと左右に開いた。

「待っていたか」

エドラントに瞳を覗かれ、ゼファは思わず目を細めた。肩が引き上がり、呼吸が細くなる。

胸がキュッと痛み、不安になって見つめ返す。答えに迷った。

やがてヒートが来ることは、エドラントもよく知っている。つがいにすると宣言されたことを思い出し、ゼファは目を閉じた。

あれはゼファを試そうとしたからかいに過ぎない。そう思うと、安心する一方で、とらえどころのない寂寞(せきばく)の感情が揺れ動く。

くちびるを突き出し、ゼファは自分からくちづけをねだる。

それぐらいのことはできるようになった。繋がった回数は数えきれず、快感は色褪せるどころか、刺激的に深まるばかりだ。

　エドラントのくちびるが、ゼファの下くちびるをそっと食んで離れた。

「……ヒートが来ても」

　ゼファは震えるような息づかいで口にした。

「あなたが楽にしてくれると、言われました。……本当ですか？」

「だれと話したんだ。……侍女か」

　ふっと笑い、ゼファにのしかかった体勢で言う。

「不安にならなくてもいい。一度目のヒートでつがいにするような、乱暴なことはしない」

　それが乱暴なことだと言われても、知識の乏しいゼファにはよくわからない。しかし、エドラントが言うのなら、悪しき行為なのだろう。

「あの……、楽になるというのは、どういうことなのでしょう」

「……書物にも書いてあっただろう？」

　からかうような笑みを浮かべ、エドラントが手を動かす。肌を撫でられ、ゼファは身をよじりながら押さえた。

「読んだ覚えがないから聞いているんです」

「……おまえは屈託がないな」

　どこか楽しげに言って、目を細める。

「ずいぶんと大変な暮らしをしていたらしいが、だれが面倒を見てくれたんだ」

「それは……、土地を治める貴族で……。そこの娘でした」

ローマンの名前を出しそうになって、一度は言葉を呑んだ。口にしてもかまわないが、心はきっと乱れてしまう。裏切りを思い出したくなかった。

「その娘に、惚れていたんじゃないのか」

思わぬことを言い出され、ゼファは目を丸くした。

「まさか。相手はまだ小さな子どもですよ。妹のようなものです」

エドラントの首筋に腕を絡め、引き寄せながら足をさらに開く。リルカシュの話は楽しくなかった。疑いをかけられることも不本意だ。

ゼファは責めるようにエドラントを見つめた。

「今夜は、しないつもりですか……」

「して欲しいのか？」

ゼファが恥ずかしがると知っていて、聞き返してくる。意地の悪い問いかけだが、凜々しい顔には穏やかな微笑みが浮かんでいた。

「するのか、しないのか。おまえが決めてもかまわない」

「そんなことは……」

ゼファは言葉を濁した。したくない、と言えたなら、どんなにいいだろうかと思う。

エドラントは驚き、想像もしていなかったと、困惑の表情を浮かべるかもしれない。見てみたいと思ったが、抱かれるたびに深まる快感はゼファを支配していた。身体はすでに交わりを求めている。

「おまえは快楽に正直だな。……いいことだ」

エドラントが腰を動かすと、柔らかく持ち上がったゼファの象徴が互いの腹に挟まれ、こすれる。

「どうして」

艶かしい気分が募るのをこらえ、ゼファは眉をひそめて問う。

「素直さは美徳だ。すぐに質問を投げてくることも、素直さのひとつだ。……ゼファ。快感が生まれる理由を、考えたことはあるか」

「ん……っ」

エドラントの昂ぶりも腹に当たる。隆々とした勃起物の生々しさに耐えきれず、ゼファは息を呑む。深々と差し込まれる快感の記憶が呼び起こされ、もう腰が浮いてくる。互いの昂ぶりが、ときに触れ合い、焦れったい。

男の体温を感じながら、逞しい肩に額をすり寄せた。ゼファの胸の奥に衝動が芽吹き、けだるい息が溢れる。

「あなたが、アルファだから……」

オメガは、抗いようもなく反応してしまう。アルファに抱かれてヒートが始まり、二度と取り返しがつかないように、オメガであるゼファの身体も、アルファから刻まれた興奮を欲しがるのだ。

オメガである自分が、アルファであるエドラントの熱を求めるのは、ごく当然な、自然の摂理だろう。ゼファはそう考えた。

それに対し、エドラントは真顔で口を開く。

「アルファだから……。オメガだから……。それも、おそらく間違いではないだろう。でも、真実はもっと深いところにあると思わないか」

ゼファの肩にくちびるを押しつけ、エドラントはゆっくりと移動する。

腰を上げて身体を引くと、しっとりとした黒髪がゼファの鎖骨を撫で、片手が胸を掴んだ。膨らみのない場所は、申し訳程度に肉がついている。

エドラントの手が、それを柔らかく揉みしだく。

初めの頃は意味のない行為だと思ったが、いつからか、快感が芽生えた。喉ではなく、鼻から声が抜けていき、肌がうずうずと痺れる。

触れて欲しい場所ははっきりしていた。両の胸にある小さな突起だ。いまはぷくりと膨らみ、エドラントの指が撫でるのを待つように色づいている。

羞恥に頬を染めたゼファはあごを引き、自分の胸がいじられるさまを覗き見た。

太い親指が突起を覆い、触れるか触れないかの絶妙な仕草で動く。さわさわと撫でられ、ゼファは息を呑んだ。そして、小刻みに喘ぐ。

淡い快感が兆し、淫らな気分が胸いっぱいに広がり出した。

すると、エドラントの指が、膨らんだつぼみを摘み取るように指の腹に挟んだ。根元から先端に向けてよじりながらしごかれる。先端でかすかな痛みを感じ、ゼファはくちびるを噛んだ。

まるで、快感の果実が爆ぜたように、濡れそぼったせつなさが腰骨へ飛び移る。

「感じているんだな、ゼファ。肌が熱い……」

エドラントの声は、もう片方の胸へ落ちた。舌先がつぼみの先端を舐め、くちびるは根元を食む。

「あぁっ……」

たまらずに声をあげると、もう止めることができない。

「あ、あぁっ……やっ……」

胸を刺激され、そこだけでなく、腰もよじれる。快感は染み込む水のように広がり、足や腕が震えていく。

「あ、あっ……ぁ……」

声をあげながら、ゼファはいたたまれない気分になった。

エドラントが、楽器を奏でるように触れていると思うからだ。ゼファの意志とは関係なく、身体に触れられると声が出る。

　柔らかな仕草では、けだるく、きつくされると、鋭く、ゼファは小さな嬌声を放った。エドラントは見事に手管を使い分け、ゼファを追い詰めて喘がせる。

「あぁっ……」

　舐めしゃぶられたつぼみが、男の指で押しつぶされ、またきつく吸われる。

　右も左も同じように責められて、ゼファは身をよじりながらのけぞった。腰の裏に熱が溜まり、我慢できずに突き上げてしまう。

　オメガでも男だ。快感を得れば象徴が育ち、子種のない精を放ちたいとむずかり始める。

「露出するようになってきたな」

　エドラントの視線に晒されたと知ったゼファは、片膝を引き上げ、隠そうと試みる。しかし、たわいもなく押しやられた。

「……いや」

　拒む声は音にならず、息がかすれただけだ。

　自慰を知らなかったゼファの象徴は、度重なる行為で、ようやくエドラントと同じ形を取り始めている。つまり、肉を覆う皮が下がったばかりだ。

「……んっ……」

　先端を指の輪で握られ、ゼファは腰を引いた。

「に、握る、のは……」

「まだ、嫌か？」

問われてうなずき、エドラントの指をはずそうと手を伸ばす。

「それじゃあ、いつまで経っても、剝けないままだ」

困ったように言われたが、ゼファの心は塞いだ。快感が増すと教えられても、剝き身をしごかれるのは苦痛が勝る。

「わたしは、いいんです……。どうぞ、あなたが悦くなってください……」

腰をよじり、哀願する。しかし、エドラントの手は離れなかった。

「……そのためにもだ、ゼファ」

ささやくように言った声は熱を帯びて艶めき、ゼファの下半身を痺れさせる。

「……ぁ、はっ……」

あごをそらして耐えたゼファは、先端をかすめる生温かい風に驚いた。

「そんな……っ」

止めようと伸ばした両手に、エドラントの指が絡む。

「だ、だめです。いけません……っ」

髪を振り乱して拒んだ直後にゼファは硬直した。生まれて初めての感覚が、剝き出しになった下半身へ這う。

生温かい風はエドラントの息遣い。そして、先端に触れているのは、エドラントの舌先だ。一国の王がオメガの腰に顔を伏せている事実に、ゼファは慌てふためく。第一、口に含まれるなんてことは想像もしなかった。

「やっ……ぁ」

つるりと先端が吸い込まれ、ゼファの頭の中は真っ白になった。

歯を立てられる恐れを感じなかったのは、相手がエドラントだからだ。傷つけられることがないと信頼している分だけ、ゼファの得る快感は増していく。

「あつ……ぃ……」

息が乱れ、言葉にならない。

他人の口腔内の熱さに腰が引ける。それなのに、濡れた感触になぞられるゼファの象徴は、脈を打って膨らんでいく。

「あぁッ……、やっ……はっ……」

すぼめたくちびるがゼファにぴったりと寄り添い、肉茎を掴んだ指とともに根元へおりていく。舌がうごめき、ぬるぬると濡れた頬の肉に先端がこすれる。

「はぅ……ぅ……」

きゅんと腰が跳ね、ゼファは息を潜めた。両手首をエドラントの手指でひとまとめに封じられ、声を隠すこともできない。

「う、うご……か……な……。ちがっ……っ」

ゼファの願いとは裏腹に、エドラントは急にくちびるを行き来させる。

「ちがっ……や……っ」

驚き身悶えたゼファの指が宙を掻くと、エドラントが身を起こした。

「ほら、すっかり大人だ」

甘い声で笑うように言われ、ゼファは高い音を鳴らして息を吸う。恥ずかしくて、とても目を向けられない。

しかし、根元を掴んだエドラントの手が上下に動くと、自分の象徴が形を変えていることがわかった。余った皮ごとずりずりとこすられ、吐き出す息さえ艶かしく震えてしまう。

「……も、もう……、いい、です、いいですから」

瞳が濡れて、視界が揺らぐ。

「は、離して……ください……」

鼻をぐずぐずと鳴らしながら訴えると、握りしめた拳の片側へ、エドラントのくちびるが押し当てられた。ゼファの両手はまだ、エドラントの片手に拘束されている。

「意地が悪いと思っているんだろう、ゼファ。許してくれ」

「い、いえ……」

離してくれたなら、それでいいと言うつもりだった。けれど、言葉はエドラントの愛撫に吹き飛ばされる。硬くなった肉茎を強くしごかれ、敏感すぎる感覚が痛みを呼び込む。

「あ、あぁっ……」

ゼファの腰は思わず浮き上がり、目を白黒させながら足を突っ張らせた。

「手とくちびると、どちらがいい」

とんでもないことを言われ、ぶるぶると髪を振り乱して拒む。

「……や……痛、い……ッ。そこは……」

ふたりの身体の間で揉みくちゃになった末に射精することがほとんどのゼファは、しごき出されるのも苦手だ。エドラントが導いてくれたこともあるが、剥き身をしごかれると快感よりも痛みが先立ってしまう。

「ほんとうに、嫌です……っ」

みっともなく泣き出してしまい、ゼファはぎゅっと目を閉じた。

「勃起したまま萎えるまで待つのもつらい。知っているだろう」

「……でも……、でも……」

「慣れてもらいたい。私ばかりが快感を得ても空虚だ」

ゼファの両手首をひとつに拘束したまま、エドラントは、もう片方の指先で先端をくすぐった。奮い立っている象徴は、逃げ惑うように跳ねる。

自分では逃がしきれない欲求があることは、隠せない事実だ。性行為に慣れたエドラントには手に取るように悟られてしまう。

「心配するな。出したくなったら、腰を振れ」

ゼファの膝を掴み、エドラントはふたたび顔を伏せた。先端から包み込まれ、今度は容赦のない愛撫が始まる。

「あぁっ……っ！」

ゼファは声をあげた。たっぷりと濡らされ、まるで差し込まれているときのような水音が立つ。手でしごき出されるのとは違う、ゆるやかだが、確かに淫靡な愛撫を繰り返され、やがて息がほどける。

エドラントの拘束がはずれ、片方だけ、手を繋がれた。しなやかなゼファの指の間を、逞しい指が動く。

「ん……ん……ぁ」

快感に喘がされ、ゼファはいつのまにか、エドラントと指を絡めている。くいっと引くと、応えるように、立ち上がった徴しの裏側へ舌が這う。

「ぅ……はっ……ん」

心地よさと艶かしさが入り交じり、射精の欲求が下腹部でさらに渦を巻いていく。少しずつ、強い快感を欲する感覚が芽生え、ゼファは腰を揺すった。物足りなさが腰の裏にあり、触れて欲しくなってしまう。

いつもは、そこで繋がり、激しく揺さぶられながら果てるからだ。

「ここだろう。ゼファ」

望みをぴたりと当てた指の腹が腰裏のすぼまりを押す。待ちあぐねた腰がぐんとそり返る。

自分から押しつけるような動きを恥じても、否定はできなかった。

唾液で濡らした指があてがうエドラントは口淫に戻る。ゼファは喘いだ。

「はっ、ぁ……あぁっ……ッ」

指で四方八方に引っ張られ、刺激に反応する肉襞が掻き分けられる。差し込まれた指は行き来し、ねっとりと沈み込む。

「あ、あ……っ」

敏感なゼファは、指の太さを粘膜で感じ取り、背中を弓なりにそらした。息が乱れ、興奮がひと息に高まる。

「ふっ、ぅ……んん……っ」

合わせて、屹立（きつりつ）が先端から呑まれていく。すぼめたくちびるに愛撫され、腰が揺れた。

かすかに突き上げると、頬の内側の肉に先端がこすれる。ゼファは喘ぎながら腰を使い、覆いかぶさってくるときのエドラントを思い起こした。

ゼファの腰は、自分を貫くときのエドラントの仕草をなぞる。狭く吸いつく柔肉を感じながら、ゼファは短い息を弾ませた。

「あ、あっ……いいっ……、きもち、いっ……」

突き上げるように腰を揺らすと、ぬめった舌に先端を押しつぶされる。その快感に、ゼファは目を閉じ、あごを引いたり、そらしたりを繰り返した。

快感を訴える声は止まらず、後庭を乱す指先にも悶える。

内側から快感の吹き溜まりを押され、ゼファは追い詰められた。いっそう息を弾ませて、エドラントの手を握りしめる。

最後のときが近づいていた。身体がぶるるっと震え、欲求がうねりになる。

「……あ、あがって……くる……ッ。……エド、ラント……ッ」

くちびるで上下にしごかれ、ゼファは息を詰まらせた。快感のかたまりが溢れ、細い管をめいっぱいに押し広げ、出口に向かって飛び出していく。

「うっ、ん……っ、んんっ……くっ……」

解放は一度で終わらず、途切れてはまた始まる。激しい射精に放心するゼファのすべてを吸い上げたエドラントは、ゆっくりと身を起こした。

口の中の精液を、着ていたガウンへ吐き出し、くちびるを拭って寝台の下へ脱ぎ落とす。

「ゼファ……」

身体に残っていた指をねじるように引き抜かれ、仰臥(ぎょうが)したゼファはあごをそらした。抜かれる快感が内側をせつなくさせる。そして、ふたたび差し込まれる刺激を待っていた。

その自覚もないまま、足を開いてエドラントを迎え入れる。

覆いかぶさってくる男の背中に腕を回してしがみつく。鍛えあげられた身体の重みを感じ、息を長く吐き出した。

すぼまりにあてがわれた象徴が、濡れそぼった後庭へと身を沈めていく。

「あぁ……」

思わず、甘い声が出た。指とは比べものにならない太さが、みっしりとした存在感でゼファを押し開く。

喘ぎながらのけぞると、エドラントのくちびるが首筋や耳元、そしてあごの裏に這う。くちづけが繰り返され、髪を撫でつけるような仕草で頭部を掴まれた。

指が忍び入り、髪を梳く。

「今度は、私の番だ」

情熱を隠した声が、ゼファの耳元でささやく。

答える代わりに、背中へ回した腕に力を込めた。逞しい腰がゼファの足を押し開き、ゆっくりと前後に動き始める。

「はっ……ぁ」

いつもよりも感じやすくなっているゼファは、ちょっとした動きにも過敏な反応を示した。濡れた内壁は吸いつくようにエドラントへ絡みつき、互いの快感が共鳴しながら増していく。

覆いかぶさっているエドラントが、突然、大きく動いた。抜ける直前まで動かされ、一気に貫かれる。頭部を押さえられたゼファは動けず、指では届かない奥地を、されるがままにえぐられた。声が喉で裏返り、ギュッと強くしがみつく。

何度も、何度も、エドラントは動いた。初めは苦しさに呻いたゼファも、やがて快楽に慣れていく。

「あぁ、あっ、あっ……」

声をあげると、苦痛だけが和らぎ、快感が増す。そういうものだと何度も教えられたが、なかなかうまくいかなかった。

それが、今夜は自然と理解できる。

恥ずかしげもなく声をあげ、エドラントの耳元に快楽を訴えた。

聞かせることが、当然のように思えたからだ。

手を使った愛撫を痛がるゼファのために、臆することなく口淫を施してくれたエドラントを満足させられるなら、淫らに喘ぐことぐらいかまわなかった。

彼だけが聞くのだと思えば耐えられる。

「いい……きもち、いい……あっ、あぁっ、ん……っ」

「かわいい声だ。ゼファ」

快感を積み上げるエドラントの声も興奮気味で、息が乱れている。

「私だけに聞かせる声だ。……もっと、教えてくれ……」

貫かれる角度が変わり、足を天井に向かって伸ばしたゼファは震えた。エドラントを包む肉壁が脈を打つ。

新たな快楽の泉を掘り当てたエドラントは容赦がなかった。動きこそ優しげだが、ゼファが身悶えるまで何度も先端をこすりつける。

「あ、あぅ……もぅ……そこ、ばかり……っ」

「嫌とは言わせない。こんなにも締めあげているだろう。……終わりたくないぐらいだ」

「ずっとは、無理……。こんな、こんな……あっ、あん……っ」

「それなら、おまえの腰でしごいてくれ。そのまま、前後に揺すって……」

「ん……」

言われるがままに前後に腰を動かすと、快楽が溢れる場所にエドラントがぴったりと押し当たってきた。

「あぁッ……」

強い快感に呑まれ、ゼファは身をよじらせた。視界がぱっと白くなる。

なにも考えられない一瞬だ。けれど、エドラントの激しい息遣いだけはわかった。

「あぁ、エドラント……も、っと……」

足先をきゅっと丸くして、全身の震えをこらえる。エドラントの名に敬称をつけなければならないことも忘れ、背中に爪を立てた。迫りくる快感を受け入れる。

「来て……、来て……」

強く貫かれ、頭部を押さえる腕にくちびるをこすりつけて悶える。目を閉じても開いても、ゼファにはエドラントが見えた。彼の精悍な顔立ちは、凛々しくも優しい笑顔を浮かべている。

それがゼファの一番好んでいるエドラントの表情だ。

ゼファは、大きく目を見開いた。驚き戸惑い、自分の中に芽生えた感情に気づく。

快感に由来しないそれは、エドラントへの想いだ。

身体の奥から湧き起こる情欲に突き動かされるのではなく、ただ、エドラントを喜ばせたいと願う気持ちだった。

「エドラント……」

震えながらしがみつくと、エドラントの腕が顔のそばから動き、腕の下から肩へと回される。身体がしっかりと抱き寄せられ、汗ばんだ胸が重なった。

「こわいのか……」

快感の果てへと達し始めていることが、苦しげな声でわかった。

ゼファにはもうはっきりと、エドラントの快楽の動きが読み取れる。

首を左右に振り、くちびるを自分から押しつけた。

「きもちいい……、すごく、きもちいい」

素直に口にすると、胸が甘酸っぱく震えた。

エドラントが身体の中にいること。そして、全身で抱き合い、すべてを委ねていること。それらが、ゼファを不思議な気持ちにさせる。これまでに感じたことのない充足感に包まれ、大きく息を吸い込みながら、甘えるように身悶えた。

瞳に涙が溢れ、ゼファは大きな声で喘いでごまかす。

「ゼファ、ゼファ……」

エドラントが激しく動き始め、ゼファは泣きながらのけぞった。逃げずに踏ん張り、汗ばんだ身体を受け止める。

悲しくもないのに、涙は次から次へと溢れて肌を伝う。そして、すがりつきたい衝動に逆らえなくなった。

「……エドラント」

呼びかけた名前が、胸へ沁みていく。

「……あっ、はぁっ……ぁ」

エドラントを包んだ内壁が痙攣して、ゼファは快楽の頂点に達した。それは、ふたりの下腹部で押しつぶされた性の象徴が果てるだけの絶頂ではない。

ゼファの伸びやかにしなる身体を腕で支えたエドラントが、息を詰まらせながら精を放った。もう彼が動く必要はない。力を抜くだけでよかった。

あとはゼファの肉壁のうごめきが、肉茎にまとわりついてひと雫も残らずに搾り出す。

腰を震わせて達したエドラントは、涼やかな眉根を引き絞り、ゼファの耳元にくちびるを寄せた。息を吐くように何事かをささやいたが、絶頂の中にいるゼファには聞き取れない。

耳元をくすぐられ、ゼファは快楽に溺れた。

はにかみに似た微笑を浮かべて、淫らに身をよじる。

そのとき、エドラントに顔を覗き込まれた。ゼファは、自分からくちづけを求め、くちびるを重ねた。

＊＊＊

「こっちだ」

手首を掴まれたゼファは、どぎまぎしながらエドラントに続いた。

後宮から連れ出され、人気のない道を選んで歩く。向かう先は、城壁の外へ出る裏口だった。

薄手の埃よけローブの下は、町民に扮するための衣服を身につけている。

ゼファは肘まで袖がある長着に、飾り刺繍の入った前掛けの女装で、エドラントは質素な布で作られた白いシャツと焦げ茶のズボンを穿いている。足元はそれぞれ、革で編んだ夏用の靴だ。涼しくて通気性がいい。

「本当にふたりきりですか」

「監視の目はつく。親衛隊の隊長が、他人のふりで見張っているから、目が合っても話しかけるな」

薄暗い道を通り、城壁へ近づく。城の使用人たちが使う裏口の前に、ぞろりと長いローブ姿の人影が立っていた。フードを深々とかぶり、頭から足元まで真っ黒だ。

闇が人の形を取ったように見え、ゼファは小さく飛び上がった。

「あれが、後宮の楽士だ」

エドラントに言われ、ゼファは胸を撫でおろす。自分だけに見えているのではないとわかり、安心する。

こちらに気づいた黒い人影は、膝を曲げるように身を沈めて一礼した。

「ゼファ、ここでローブを預けて出る。戻ったときには、また受け取る手はずだ」

楽士の前で足を止め、エドラントは自分のローブを渡す。ゼファも従い、ローブを脱いだ。エドラントが受け取り、楽士へ渡す。

「隊長はもう出たか」

質問に対し、楽士がゆっくりとうなずいた。

「日暮れまでに、お戻りを」

うつむいたまま発せられた声に、ゼファはまた驚く。まるで喉が潰れている。ガラガラに嗄れた声は地を這うようで、ますます得体が知れず気味が悪い。

しかし、エドラントはまるで気にならない様子だ。朗らかにうなずき、ゼファを見た。

「これはリザだ。庭から竪琴の音が聞こえるだろう」

侍女にも優しいエドラントが、楽士を『これ』と呼ぶことの違和感は、すぐに納得に変わる。

楽士の持つ雰囲気が、まるで人間らしくないからだ。竪琴を持って木々にまぎれていたら、そこにいることさえも気づかないだろう。

「……この頃、よく聴くようになりました」

ゼファは、楽士に向かって言った。

「心が安まります。ありがとう。美しい音色だと思います」

ひとりきりで過ごす時間が長いので、エドラントの渡ってこない日は特に気がまぎれて心が癒やされる。

楽士は声を発することなく、ゆっくりと身を沈めた。頭を下げ、また元に戻る。

「……さぁ、行こう」

エドラントに手を引かれ、ゼファは慌てながら一歩を踏み出す。裏口は小さな扉で、身を屈めなければ出入りができない。

「衛士はいないんですか?」

「リザが金を掴ませた。よくあることだ」

「……よくあるんですか」

驚いて繰り返す。つまり、エドラントはときどき、こうして出かけているのだ。

「この国は至って平和だよ、ゼファ。置かなくてもいい衛士を置く余裕がある」

「盗まれて困るものもあるでしょう」

ゼファの質問に、外へ出たエドラントが足を止めて振り向いた。

まじまじと顔を見つめられる。

「そうだな、いまは、あるかもしれないな」

まっすぐな視線に、ゼファはどぎまぎと視線を揺らした。楽しげに聞こえるエドラントの声が、身体の奥深くに沁み込んで、次第に頬が熱くなる。

「いまは……、ですか？」

聞き返すと、エドラントはなにもなかったかのように踵(きびす)を返した。ゼファには意味が理解できなかったが、明確な返答は期待しない。

ふたりは、しばらく歩いた先に停まっている小さな荷馬車へ乗り込んだ。

「……オヤジ、城の前の広場を通ってくれないか」

エドラントが声をかけると、馬を操る男は「はいよ」と陽気に答えた。乗せた客がイルリ・ローネの王だとは、思ってもみないだろう。

ふたりは、祭り見物に行く王宮勤めの男女を装っている。しかし、どこから見ても、とはいえなかった。

特にエドラントの威厳や風格は隠しようがない。衣服を質素にしても、凜々しさは際立つ。ゼファにしても、町娘と呼ぶには育ちの良さが滲み、貴族の子女が遊びに出た雰囲気だ。

幌のない荷馬車はガタゴト揺れ、未舗装の山道をくだっていく。乗り慣れないゼファは、座席に腰掛けながら、荷台の枠をギュッと強く掴んでいた。

木々の枝がアーチを作り、レース編みの影が流れていく。顔を上げると、夏の陽差しが葉の隙間できらりと光り、流れる風には、新緑とふくよかな花の匂いが混ざっている。

そのうちに、馬の手綱を握った男が鼻うたを口ずさみ始めた。それに合わせ、エドラントも歌い出す。

町娘に扮した侍女が退屈しないように、男ふたりが気遣っている構図だ。そこへ参加できればいいのだが、ゼファは一緒に歌うことができない。初めて聞く旋律だった。

荷台にもたれたエドラントが微笑みながらゼファを見る。視線が触れ合い、ぎこちなく笑い返したゼファは、結い上げた髪の後れ毛を耳にかけた。

すぐにうつむき、そして来た道を振り向く。いくつかのゆるやかな曲がり道を過ぎ、城壁は見えなくなっていた。

陽気な歌を聞いているうちに城下町へ入る。荷馬車は石畳の道を走った。

「ここが王城前の広場だ」

　エドラントが指を差した場所は、石畳が見事な半円を描いた空間で、人々は立ち止まることなく行き来している。城壁が半円の直線部分に当たり、真ん中にバルコニーが設けられている。そこからまっすぐ大きな道が延び、半円の曲線に沿うように家が建っていた。

　城壁と平行に、大通りに比べて少し狭い道が左右に延び、その一方をゼファたちの荷馬車は走ってきた。

「セレモニー用の広場だ。年に一回、王族の顔見せがある。大通りをまっすぐ行けば、町を包む城郭へ行き当たる」

　エドラントの説明に、ゼファは黙ってうなずいた。城下町の様子は、視察に同行させてもらったときに見ている。しかし、広場は初めてだった。

「エドラントさまが王位に即かれたときは、それはもう盛大でしたよ」

　来た道を戻りながら、荷馬車を操る男が言う。ゼファは驚いて飛び上がったが、エドラントにそっと膝を押されて口を閉じた。

　男は、なにも知らずに話をしているのだ。

「そうかい」

　エドラントが相づちを打つと、男は肩越しに振り向いた。

「あんた、見に行かなかったのか。……そうか。城勤めだもんなぁ。挨拶ぐらいはさせてもらえたのかい。あんときは、遠くってさ。顔はよく見えなかったけどなぁ、立派な若者だよ。背がすらっと高くって、亡くなった王さまの雰囲気によく似ていた。あの方が病を得なければ、エドラントさまも、もうちっとのんびり、王妃候補を探せただろうになぁ」

「なかなか、決まらないものだから、城の中でもヤキモキしているよ」

張本人であるエドラントは、しらっとして話に乗る。

彼の父は病を得て亡くなり、王妃だった母親は遠い離宮にいる。夫の死後、体力が落ち、王都への移動も困難だとゼファは聞いていた。

「でも、いいのさ」

男はからりと笑った。

「『淫心の王』は名君の証しだ。アルファのことはわからないが、きっと見事なオメガをお選びになる。ただなぁ、あんた。そう呼ばれるほどのアルファは、欲求不満で気を病むと言うじゃないか。そのあたりはどうなんだい」

「そんなことが、酒の肴になってるのか」

「もちろん、そうさ。王妃が決まるかどうかはともかくも、エドラントさまに万が一のことがあっちゃ、なんねぇ。オメガだろうがベータだろうが、欲求は発散してもらわなくっちゃ……。どうせ王さまだ。好いた相手と添えるわけじゃねぇ。そんなら、せめて、側室か妾にお気に入りを作ってもらって……」

「そこまでにしておこう。彼女がかわいそうだ」

エドラントが言うと、男は大きな声で笑った。

「なに言ってんだい。王宮で勤める侍女なら、耳年増と決まってんだ。これぐらいはなんてことはない。いや……、すまない」

ゼファをちらりと見た男は、背筋をピンと伸ばして前を見た。

「うっかりしちまった。貴族の行儀見習いか」

「見た目通りに、心も見事な姫君だ」

エドラントがそんなことを言い出し、ゼファは驚いて手を伸ばした。膝を押しやって睨む。しかし、指先をきゅっと握られ、片目を閉じただけで受け流された。

「それじゃあ、後宮勤めのあれかい……」

手綱を握った男の声が硬くなる。行儀見習いの姫君なら、側室候補のひとりだ。

「祭りには、髪につける香油の行商が来るだろう」

エドラントは否定せずに答えた。男は前を向いたままうなずく。

「なるほど。そりゃぁいい。祭りの期間はいつも以上の品数が揃う。エドラントさまの気を引くのに、ぴったりのものが見つかる。そうとくりゃ、品質のいい行商を紹介するよ。妙なものを掴まされちゃたまんねぇ」

男は勢いづき、上機嫌に馬を歩かせる。

「どんな香りがいいだろうな」

他人事のように聞いてくるエドラントに対して、ゼファはため息をついてそっぽを向く。

「知りません。……あなたが選んでください」

町を眺めるふりで、胸の奥の甘い感傷を持て余した。見た目通りに見事だと言われたことが尾を引き、からかわれたと理解していても、真意を問いたい気持ちになる。

ほんのわずかでも、そんなふうに思っているのだろうか。

町の男に化けた王宮の使用人として、軽口を言ってみただけなのか。

エドラントのいたずらな笑みをもう一度見ようとしたゼファは、不用意に視線をぶつけてしまう。荷台に肘をついたエドラントは、もう違う表情だ。

穏やかな微笑みを向けられたゼファの腰は、みっともなく落ち着きをなくした。

堂々としているエドラントの表情に、ふたりの夜がよみがえる。そして、朝に別れるときの、最後のくちづけも思い出され、くちびるが自然と熱を帯びていく。

いたずらにからかわれるたび、拗ねた気分になるが、嫌な気持ちにはならなかった。拗ねた目をするゼファに対し、エドラントはいつだって微笑んでいるからだ。

いたずらな薄笑みではない、柔らかで優しくもある微笑みを向けられ、荷馬車に揺られるゼファは息を呑む。

エドラントを見つめ返しながら、苦しいほどに大きくなる胸の鼓動を、不思議な気持ちで感じていた。

夏祭りは地区ごとに行われる。今日は、城下の東のはずれだ。

大通りにはさまざまな屋台が並び、辻では楽器も演奏されている。音楽に歌声、呼び込みの声と笑い声。若い女は髪に花を飾り、男たちもにぎやかだ。

荷馬車の男が勧めてくれた香油売りの荷車屋台の棚には、ずらりと小瓶が並んでいた。

花や草の香りのほかにも、独自に調合した特別な香油があり、それぞれに小さな添え書きがついている。洒落た飾り文字で書かれているのは、香油の名前だ。

エドラントに選んでもらうつもりでいたゼファも、添え書きの機微に引かれ、ひとつひとつ文字を読んでいく。いくつか香りも確かめ、ふと手を止めた。

その小瓶のそばに置かれた添え書きには『愛の妙薬』と書かれている。

「惚れ薬だよ、お嬢さん」

行商の男が言った。身体が大きく、剥き出しになった腕の筋肉が大きい。主に荷物を運ぶ役なのだろう。

もうひとりは、配偶者らしき女で、エドラントの質問に答えている最中だ。

「効きますか？」

ゼファが顔を向けると、男はポカンと口を開いた。

本当に媚薬効果があると信じたわけではない。話に乗ってみただけのゼファは、相手の反応に戸惑った。

「あぁ、いやいや、違う、違う」

男は顔の前で手を振り回し、ニコニコと笑った。

「あんまりにも屈託なく言うもんだから、驚いただけだ。この匂いは、お嬢さんのような若い女がつけて歩くようなものじゃない。夫婦の寝床にほんの少し、垂らしておく媚薬さ」

男が小瓶を手に取り、栓を抜く。ゼファの鼻先でゆらりと動かした。

真夏を感じさせる、甘い花の匂いだ。

「お嬢さんなら、こちらの方がいいよ」

男は別の小瓶を手に取る。今度は軽やかな花の匂いがした。葉の瑞々しさも感じられ、爽やかな雰囲気だ。

「あぁ、あんた。ちょっと、それを貸して」

エドラントの相手をしていた女が手招きする。

「あたしも、それを勧めようとしたところ」

そう言って、男の手から小瓶を取り上げる。エドラントの鼻先で揺らしてみせた。

「これはね、『初恋の夜』って名前さ。あたしがつけたの。いい名前だろう。でも、お安くはないんだよ。嘘じゃない」

押し売りをするつもりはないと言って、女は小瓶に栓をした。

「この香りの中心に置いてあるのは、この花の香り。単品で買えば、ほどほどの値段だね。せっかくの夏祭りだ。いつも買えるものは面白くないだろう」

「それは、そうだ」

エドラントが笑ってうなずく。そして、『初恋の夜』を指差した。

「これをもらおう。この子にちょうどいい」

「あんた！　いいお兄さんだね！」

女がバチンと肩を叩く。相手がイルリ・ローネの青年王その人だと知ったら、女は卒倒してしまうかもしれない。

知らないということは、ときどき大きな幸福だ。

勢いに押されたエドラントは苦笑いを浮かべ、ポケットから銀貨を取り出す。隣に控えていたゼファは、とっさに身を乗り出した。

「これも、いいですか。お土産にしたくて」

ゼファが花の香油を指差すと、エドラントは察したようにうなずく。なにも知らずにゼファの髪を結い上げた、部屋付きの侍女に対する土産だ。秋祭りの逢瀬（おうせ）でつけて欲しいと選んだ香りだった。

「わかった。これもひとつ。ほかには？　買い占めたってかまわない」

エドラントは本気だろうが、行商の男女は冗談だと思って大笑いする。

「あんたはよっぽど妹さんがかわいいんだね」

女の笑顔につられ、屋台の反対側に立つ男も繰り返しうなずいた。

「この容姿じゃ仕方がねぇなぁ、兄さん。悪い虫がつかないように、よぉく見張っておくことだ」

「そうするよ」

差し出された包みを受け取り、エドラントは笑って答えた。ゼファを促し、屋台を離れる。

「わたしたちは兄妹に見えるんですね」

見上げて言うと、エドラントがあごを引いて視線を向けてくる。

「違うと訂正しても良かったのか」

「ほかに、なんと答えるんです。本当のことはとても言えない」

笑って答えながら、ゼファはあちこちの屋台に目を奪われる。

人出が多く、みんな楽しげに笑っている。荷車がずらりと並ぶ屋台通りの遥か向こうからは、陽気な音楽が響いてきた。

「いい祭りですね。みんな穏やかで楽しそうだ」

「ミスカギートが防波堤になっているおかげで、もう何十年も戦争が起こっていないからな。あの国が分裂でもしたら、また以前に逆戻りだ。エアテリエの前王は、それを狙っていた。

知っているか」

「噂だけは……。三国の同盟を揺るがしたと」

「なにを考えていたのか、わからないな」

エドラントは小さくため息をつき、ゼファの顔を覗き込んだ。

「世の中には、わからないまま終わってしまうことも、たくさんある。それをひとつひとつ確かめていくことは、頂点に立つ人間のやることじゃない。小さなことは周囲に任せ、大きな未来を見定めていくのが国王の仕事だ。小さな穂を集めさせて、穂束を作るようにな」

「質問しても？」

尋ねると、エドラントは無言でうなずく。ゼファは改めて口を開いた。

「……この国でも、祭りに参加できないほどに貧しい者はいますか」

「いる」

「彼らへの支援を考えることは、些末なことでしょうか。怠惰から来る自業自得だと主張する向きもあるようですが」

「ゼファはどう思う」

人の波から逃れて道をそれる。路地に入る手前で向かい合った。

「わたしは……、手を差し伸べていきたいと思います。みんなが同じように幸せにはなれないでしょう。しかし、それぞれの努力は報われるべきです。だれかと比べての評価ばかりでは、そもそものやる気、向上心というか……それを持てない気がします。……生まれながらの運命であっても、乗り越えていけると、わたしは信じています」

ゼファの脳裏にはローマンの姿がある。オメガに生まれ、その運命に抗って生きてきた強い意志と使命感は、裏切られてもなお特別に思える。

ふいに込みあげてくる悲しみをこらえ、ゼファはぐっとくちびるを噛みしめる。

「おまえのそばに、そういう人間がいたんだな」

そっと頬に、指が添う。見上げた瞬間にこぼれ落ちた涙を、エドラントはすぐに拭って消し去る。

「痛みを知る者は強い。……傷は癒えるものだ」

口調の穏やかさに比べ、眼差しは力強い。

彼は、すでに王位にある。この国の平和も繁栄も、すべてはエドラントにかかっているのだ。民を愛し、国を愛し、常にだれよりも高い場所から、果てなく広い世界を眺めている。

だからこそ、イルリ・ローネの民は、彼らの君主に対し、深い信頼と敬愛を示しているのだろう。オメガに対しても偏見がなく、学びたいと願うゼファの質問にも根気強く付き合ってくれるエドラントこそが賢王の具現だと、ゼファは一種の感動を持って相手を見つめる。

そのとき、ふたりのそばで声がした。

「お祭りなのに、泣かしてはいけないのよ」

かごを腕にかけた花売りの少女だ。長い髪を左右に分けて編み下ろしている。

大きな瞳を輝かせ、まるで大人のようなことを言う。母親の口真似なのか、かごの中の花を指差し、首を傾げた。

「髪を飾るお花を贈るといいわ。あなたの恋人でしょう。まだ、そうじゃないの？」

屈託のない瞳がくりっと動く。見上げられたエドラントは微笑んで肩をすくめた。

「きみが飾ってやってくれないか。私は、不器用でね」

膝を曲げて、視線を少女の目の高さに合わせる。

「いいわよ！　任せて！　何色が好き？　ここになかったら、取ってきてあげる」

「この中の色でいいよ」

「じゃあ、そこに座って」

腕を引かれ、ゼファは手近な階段へ腰掛けた。家の出入り口だが、ゼファの後ろに座る少女も、階段の手すりにもたれかかるエドラントも気にしていない。

ゼファの結い上げた栗色の髪へ、少女が小さな花を挿していく。

「もっと挿してもいいんだよ」

エドラントが促したのは、花の数によって支払いの額が変わるからだろう。

しかし、少女は受け入れなかった。

「これ以上はやりすぎになるわ」

快活に答え、料金を口にする。エドラントは彼女の花かごを指差した。

「買い物をしたが、手に持っているのが億劫だ。そのかごを売ってくれないか。残った花も一緒に」

「本気なの？　酔狂ね」

少女の目が大きく見開かれる。瞳がこぼれ落ちそうだ。

エドラントは笑って答えた。

「それがきみの大事なものでなければね」

「大事な商売道具だけど、売ってあげる。お祭りだから、もっと素敵なのが売ってるもの」

「じゃあ、これでね」

エドラントが渡した金額がいかほどなのか、ゼファには見えなかった。

「少し、多いみたい」

少女の表情がわずかに曇る。

「こんなにもらうと、母さんに疑われてしまうわ」

「髪を花で飾ってくれた手数料も入っているから、そのまま、正直に言いなさい。嘘をついてはいけないよ。恋人たちの仲を取り持ったと言えば、きっとわかるから」

「夏祭りだものね！」

少女は小さく飛び上がり、前掛けの裏に金を押し込んでから、花かごをエドラントへ差し出

した。ふと、視線を止める。

「あなた、絵本の王子さまみたいな顔をしてるわね。今まで見た中で、一番、素敵よ」

「それはありがとう。でも、私はもう王さまなんだよ」

「まぁ、そうなの？」

エドラントの言葉を冗談と取り、少女が笑う。そして、ゼファの顔を覗き込んだ。

「この人はとっても素敵な王さまね。でも、結婚するのは、あなたがそうと決めたときよ。自分を安売りしないの。私もそうするつもり。相手が王さまでもね！　じゃあね！」

そう言って、少女は元気よく駆け出していく。思いがけない売り上げを、早く母親へ渡したいのだろう。人の流れへ飛び込み、すいすいっと泳ぐように消えていった。

唖然としながら見送ったゼファは、笑いながら立ち上がった。

「かわいかったですね」

声をかけると、エドラントが身を屈める。ゼファの裾についた土埃を払った。

「あなたがそんなことをしなくても……」

「王さまなのに？」

ふざけた瞳がキラッと輝き、ゼファはまた笑う。

「そう、王さまなのに……」

答えながら肩をすくめ、ひとりですたすたと歩き出す。しかし、すぐに振り向いた。

「こっちでいいですか？」

「おまえの好きなところへ行くといい。このあたりも、よく知っている」

隣に並んだエドラントの手が、迷いもなくゼファの腰へ回った。

「花を飾ったせいか、いっそう人目を引いている。……悪い虫がつくと困るからな」

耳元でささやかれるくすぐったさに、ゼファは両肩を引き上げた。しかし、逃げることはしない。

「じゃあ、守っていただきます」

「『兄さん』とは呼ぶな」

振り向いたゼファのくちびるにエドラントの指が押し当たる。

ゼファは思わず、足を止めた。胸がきゅうっと締めつけられる。

人の波にまぎれる手前で、身を屈めたエドラントに視界を遮(さえぎ)られた。くちびるがそっと触れ、すぐに離れてゆく。その隙を縫うように、ふわりと風が流れ込む。

「……この匂い」

つぶやいたゼファは、くちづけをごまかしながら、エドラントの手にしている花かごへ目をやる。しかし、鼻先をかすめて消えた匂いは、花の芳香でなかった。ぴりっとした薬草のような匂いだ。

「これじゃないいな」

エドラントもかごを持ち上げて言う。

「こっちへおいで」

人の流れを渡り、反対側へ出る。音楽が聞こえる公園の端で立ち止まる。

「あれが、ヒートの抑制薬ですか？」

ゼファが問いかけると、エドラントは大きく息を吸い込んだ。

「あの匂いは苦手だ。どうにもよくない。いくつか存在する抑制薬の中でも、ひときわ効き目が強い調合だ」

「あなたはアルファ性が強いから……。ご気分は」

「平気だ」

答えはすぐに返ってくる。エドラントが続けて言った。

「あの薬は、オメガを妊娠させないためのものだ。知っているか」

「麻薬成分が強く、依存性が高いと聞きます。匂いは初めて嗅ぎました」

「あれは中毒者の匂いだ。値が張るから、使用者にはめったに会わないが、祭りではときどき匂いに遭遇する……。あの薬は、アルファには禁忌だ。アルファに対する暗殺手段にも使われる。少量を常用させることで弱らせるんだ」

「あんなに強烈な匂いでは、すぐにわかりそうなものですが」

「匂いをさせるのは、中毒のオメガだけだ。嗅ぎ取れるのも、オメガかアルファに限られている。薬自体は、無味無臭……、アルファには、少し甘く感じられる」

「舐めたこともあるんですか」

ゼファが眉をひそめると、向かい合ったエドラントの指が眉間(みけん)へ伸びる。

「ある」

ゼファの眉間をさすりながら、エドラントは真剣な顔でうなずいた。

「……おまえの方が飲まされたような顔だな。あの薬の匂いがあれほど漂ってきたということは、つがいを持たないオメガだ。この地区にも娼館はある」

表情を引き締めたエドラントは、ゼファを促して歩き出す。人の波を離れ、音楽に耳を傾けながら公園沿いの道を進む。

「つがいに先立たれたオメガもいれば、初めからつがいを否定しているオメガもいる。金が必要なばかりではないから、難しい問題だ」

「……わたしには、よくわかりません」

ようやく道がついたばかりで、ヒートも来ていないのだ。さらに先は想像もつかない。

「これから考えていけばいいことだ。さっきも言っただろう。これも小さなことのひとつだ。全体に含まれてはいるが、これだけを見ても解決はしない」

エドラントが足を止めた。

寄り添って歩く恋人同士がやってくるのを見て、道を譲る。抱き寄せられたゼファは低木の茂みに身を寄せた。向こうから、男の話し声が聞こえてくる。

「そうなんだ。ここだけの話だけどな」

こちらに人が立っているとも知らずに続ける。

「エアテリエから来た行儀見習いの姫だよ。間違いなく手がついたと思うね」

野太い声で話す男は得意げだ。身を硬くしたゼファは、エドラントの胸に手を押し当てた。表情を確かめようとしたが、近すぎて見えない。

「どんな相手だ。どうやって見たんだ」

仲間は数人いるらしく、ざわざわと騒がしくなる。

「エドラントさまがわざわざ男装させて連れてくるんだ。退屈な顔をすると思うだろう？　違うんだよ、なにに対しても興味を持って、こっちが嬉しくなるぐらいだからな。アルファしか目に入らない高慢ちきなのとは根が違う。……顔？　もちろん、きれいだよ。栗色の長い髪に、白い肌。男装してると、姫君だってことを忘れるぐらいに凜々しい」

「男じゃないのか」

だれかが言い出す。

「それはないだろう。我らが淫心の王は女性オメガがお好みだ。俺だって女がいい」

別の男も加わった。

「どっちだっていいさ。オメガはオメガだ。エドラントさまが望めば、それが一番だ」

ふいに、彼らは沈黙した。しばらくして、またただれかが口を開く。

「その姫君が、貴族じゃなくて王族だったらなぁ」

「王妃には、王族出身者ってのが、うちのお決まりだからな。年寄りが黙ってないだろう」

「残念だが、寵姫がいることで、正妃を迎える気にもなるんじゃないか。いつまでも独り身というわけにもなぁ……」

彼らの話が終わらないうちに、エドラントがすっと手を上げた。どこからともなく出てきたのは、ゼファも知っている親衛隊の隊長だ。ゼファを連れたエドラントは、その場を離れて彼に近づく。

「おまえの部下が、リルカシュの噂話をしている。いささか、行きすぎているようだ。いますぐに諫めてやれ」

すっと指先を伸ばし、低木の茂みを示す。

深々と腰を折った隊長は、足音をさせずに近づいた。

「厳罰ですか……？」

隊長とエドラントを見比べながら、ゼファは不安に駆られて聞く。エドラントが笑みをこぼした瞬間、隊長の怒鳴り声が響いた。

ゼファは小さく飛び上がり、エドラントに促されて背を向ける。木立の陰に隠れた。

「こっぴどく叱られるだけだ」

さも可笑しそうに笑うエドラントを見上げ、ゼファは浅く息を吸い込む。隊長の鋭い叱責の声は届いたが、話の内容まではわからない。

「ゼファ……」

耳元でささやかれ、引かれるように顔を上げる。

「来月、ミスカギートの国境近くで舞踏会がある。一緒に行こう」

周りにはだれもおらず、木々の枝がさわさわと音を立てて揺れる。隊長の話し声はもう聞こえず、陽気な音楽も遠のくほど、ゼファはエドラントだけを見た。

「おまえ以外を連れていく気がしないんだ」

片手に花かごを提げたエドラントが、木の幹に肘を預ける。ぐっと近づかれ、ゼファは迫ってくる胸を手のひらで押し返す。

「また、女装ですか」

舞踏会に同伴する相手が女性である必要はない。しかし、エドラントが男を連れていけば、参加者たちの噂になるだろう。

「私は女性しか同伴させたことがない。かまわないか」

「……かまいません。学ばせていただきます」

味気ないことを言ってエドラントの瞳を覗き込み、そこに映っている自分の姿を見つめる。

それから、精悍な顔立ちを形成する部位をひとつずつ確かめた。エドラントの顔は、どこも凛々しく、精悍だ。

「おまえのまっすぐな探究心は美徳だな。忘れていた気持ちを思い出させてくれるようだ」

エドラントの視線も同じようにゼファを確かめ、互いのくちびるが近づいていく。

ゼファは褒められた喜びを素直に受け止め、地面から踵を離す。つま先立って、エドラントにそっとくちづけた。

「生意気ではありませんか」

「なぜ……？」

エドラントは不思議と、甘く感じられる瞳をしている。

「己の無知を受け入れることは、難しいことだ。それに、おまえは謙虚すぎるほどだ。もっと我を出してかまわない」

見つめられたゼファは頬を熱くして、その理由を問いたいと望んだ。しかし、なにも言えず、またくちびるが触れ合う。

胸の奥まで熱が広がり、鼓動が速くなる。頭もぼんやりして、足元さえおぼつかない。

もう何度もくちびるを交わしたのに、真昼のくちづけはいつもよりも羞恥が募る。あまりまっすぐに見つめないで欲しいと思いながら、ゼファは身を引いてうつむいた。

頬が赤く染まり、まつげが震える。

「花の匂いがする。……あの子は、良い仕事をしたな」

笑った息遣いが肌をかすめ、音を立てずにエドラントのくちびるが額へ押し当たった。

そっと抱き寄せられ、ゼファは素直に身を任せる。

どうしてこんなに胸が苦しいのか。エドラントなら理由を知っているのではないかと思う先から、腰の裏がぞくりと震え、また体温の上昇を感じた。

近づきつつあるヒートの訪れを、ゼファはまだ知らなかった。

【3】

夏祭りから数日後の夜。ゼファは初めて、王宮にあるエドラントの部屋へ呼ばれた。

先を歩く侍女の足取りは軽く、自慢げで嬉しそうだ。しかし、長着にガウンを羽織ったゼファは緊張するばかりだった。肌が火照り、手のひらが汗で湿る。

夏祭りに出かけてから、エドラントとは夜の交渉を持っていない。

ミスカギートでの舞踏会へ向け、エドラントの執務にはさまざまな調整が入っているらしく、後宮に現れたのは一度だけだ。しかも、夜伽を望んでのことではなく、そっけない会話を交わしただけで帰ってしまった。

図書室から新たに借り出した書物を見て、ゼファが退屈していないとわかったからだろう。理解の難しい箇所はないかと問われ、次に会えたときに聞くと決めていた部分の説明を求めた。答えるエドラントの言葉選びは的確で、ゼファは改めて感嘆した。

もっと話していたいと思ったが、子供じみたわがままに受け取られるのは不本意だ。引き止めずに黙って見送り、遠ざかる足音を、わずかに開いた扉の陰で聞いた。立ち止まりはしないかと期待しながら、別れ際の淡いくちづけの余韻に焦れる。

そのあとがじりじりと熱を持ち、去っていく足音の規則正しさに胸が疼(うず)いた。

エドラントと顔を合わせるまでのゼファは、実にさまざまなことを考えている。話したいこと、聞きたいことが山のように積まれ、できるなら毎日でも会いたいぐらいだ。

しかし、顔を見ると思ったことの半分も言えず、エドラントが部屋を出ていくまでの時間を数えてしまう。

国家運営について真面目に話したいのに、肌へも触れて欲しくて、触れて欲しいと願うのに見つめ合っていたいとも思う。

裏腹な気持ちに心が乱れ、これがオメガの性質なのか。それとも、もっと人間的な感情なのか。ゼファには判断がつかなくなる。

ただ抱かれているだけの頃は良かったとさえ思った。互いのことを知らず、快感に溺れていれば、エドラントはただのアルファに過ぎなかったのだ。

王宮の部屋を訪ねると、エドラントは慌ただしく着替えているところだった。中へ入ったのは、ゼファだけだ。侍女はついてこない。

「これから、もうひとつ、打ち合わせなければならないことができた。ここで待っていてくれ。ひとりで平気か」

両手がゼファの頬を包み、一瞬だけしっかりと目が合う。微笑み返すと、エドラントはするりと離れた。

あっという間に出ていってしまい、エドラント付きの侍女もいなくなる。ゼファは部屋にひとりで残された。

豪華な装飾の椅子と円卓。植物が描かれた壁紙が貼られ、ゼファの背丈ほどもありそうな風景画がかけられていた。あたりを見回し、開いたままの扉に近づいてみる。

続きの間は寝室だった。天蓋（てんがい）の付いた大きな寝台が置かれ、脱いだばかりの夜着が椅子の背にかかっている。いちいち洗いに出さず、もう一度着用するつもりなのだろう。

ゼファは、そろりと中へ入った。後宮へ渡るときにも、ガウンの下に着ていた夜着だ。指先で触れると、ベッドの上が視界に入る。ガウンは投げ出されたままだ。

正装でない限り、エドラントも着替えは自身の手で行う。

ゼファの部屋へ来たときも同じだった。

うつむき、目を伏せたゼファは、肺に深く息を吸い込む。

鼻腔をくすぐる花の香は、自分の髪へすり込んだ香油だ。夏祭りの屋台で、エドラントが買ってくれた小さな贈り物。『初恋の夜』と名付けられた香りに包まれ、ゼファは胸の痛みに顔を歪めた。

書物で学ぶほどに、物事を知るたびに、エドラントに相談したいと思うのは、母国で病に伏せる弟のことだ。国へ戻り、彼を取り巻く状況を詳しく知りたいが、エドラントとは離れがたい。学び取ることは、まだたくさんある。

ふたつの望みは背中合わせに存在して、ゼファの胸に重くのしかかった。

こんなとき、どうしたってローマンに助言を求めたくなる。

頼り甲斐のある大きな身体を揺すって、豪快に笑って欲しかった。そうでないなら、感情のままに怒りをぶつけて、叱って欲しい。

弟・アテームのために、そして、国政のために、エアテリエの王族の血を繋ぐのがゼファの定めだと諭して欲しい。それらのため、辺境の館での侘しい暮らしに耐えてきたのだ。

いつか、王宮の人々に思い出してもらう、そのときのために、生きてきた。

ゼファはため息をつき、胸を押さえる。ローマンとは考え方が違うことを思い出し、苦々しく顔を伏せた。アルファに頼ることをローマンは良しとしない。しかし、ゼファは、それが己の務めだと思うのだ。

身体の火照りがひどくなったように感じ、しっとりと汗ばんでいる手のひらを見る。ガウンで拭い、首筋や額に手を当てる。どこもかしこも熱く、気づいたときには身体中が重だるく発汗していた。

息が浅くなり、めまいが始まる。その場にしゃがみ込んだゼファは、椅子の背に顔を寄せた。頬がエドラントの衣服に触れ、長く尾を引くように息を吐き出す。身体の奥がぞくぞくと震え、夜伽の最中がよみがえる。熱く汗ばんだ肌が触れ合うときの感触だ。

たぐり寄せた衣服へ頬をすり寄せると、感情がにわかに昂ぶった。ふらりと立ち上がり、エドラントの衣服を腕に抱える。それを持って寝台へ上がり、置かれていたガウンも掻き集める。両手いっぱいのそれらに顔を伏せると、濃厚にエドラントの存在を感じられた。

アルファの匂いだと思い、エドラントそのものだと思う。

自分の中のオメガが、アルファの支配を欲しがるたびに、ゼファは自分自身がエドラントを求めていることを受け入れざるを得ない。

恋なのか、愛なのか。ただの肉欲なのか。

冷静に考える余裕はなかった。ゼファはアルファの匂いのするものを部屋中から集めて回る。寝台の上に巣を作り、そこへ埋もれて丸くなった。

「熱い……」

けだるい息がくちびるから漏れた。

「あつい……あつい……」

耐えがたいほどに肌が発熱していく。額に汗を浮かべたゼファは身悶えるようにガウンを脱ぎ、長着も下着も放り出す。アルファの匂いがついた布を素肌にこすりつけ、喘ぐように浅い息を繰り返した。

意識が朦朧として、視界も利かない。息をするたびに動悸がして、頭や身体の中で大きく反響する。理性が剥がれ、下半身はすでに屹然（きつぜん）としていた。胸の尖りも硬くしこっている。

夕陽を浴びたようにほの赤く染まった肌は生々しく、ゼファの腰はまるで性交時を再現するように揺れ動いた。挿入されて悶える仕草そのものだ。

ゼファが自覚せずとも、身体はすでに、オメガの欲求に支配されていた。

「……ゼファ、ゼファ」

遠く、遥か遠くから、エドラントの声が聞こえた。しかし、意識を混濁させたゼファには聞き取れない。水の中に沈んでいるかの如く、音は揺らいで遠のく。

「エド、ラント……」

声を出すと、声帯が震え、息が漏れ出る。

ただそれだけのことにもゼファの身体は快感を得た。

「ん、くっ……」

小さな嬌声が鼻から抜け、エドラントの衣服を抱き締めながら闇雲に手を伸ばす。指が触れた瞬間、ゼファの裸体は大きく波打って跳ねた。

「あぁ、ん……ッ」

長い髪が乱れ、肌へまとわりつく。

快楽に溺れた瞳をさまよわせ、媚びを売るように微笑んだ。

意識がアルファの存在を察知するだけで、ゼファの肉体は外側も内側も性的な反応を示す。始終絶えず撫でさすられている淫靡な感覚に囚われ、腰裏の奥がせつなくよじれた。

呼吸はさらに荒くなり、腰が小刻みに震える。

ただでさえ、エドラントのアルファ性は強い。彼の衣服で巣作りをしたゼファは、存在感に威圧され、息を呑んだ。

太い性器を受け入れた記憶が、ゼファのすぼまりの奥を疼かせる。

「ヒートだ」

エドラントの声は硬く、あらゆる感情が閉ざされていた。発情期の匂いを振りまくゼファの身体に、拾い上げたガウンがかけられる。

「いや……っ」

布地が肌に触れ、ゼファは暴れるようにガウンを跳ね飛ばした。エドラントの腕を掴んですがりつく。

「……からだが、あつい」

頬をすり寄せ、エドラントの衣服を指で掻き乱す。

「脱いで……。脱いで、抱いて……」

「ゼファ。ここにいるから。……深く、息をしてみろ。ゆっくりと……」

「いや、いやだ」

子どものようにかぶりを振って、エドラントの首筋へしがみつく。膝立ちになると、下半身があらわになった。下腹につくほど持ち上がった剥き身の先端から、ねっとりと糸を引くような蜜がしたたり落ちていく。

ゼファを押しのけることができないエドラントが喉を鳴らした。

「苦しいんだな」

低い声は、ヒートを起こしたゼファよりも遥かに苦しげだ。眉根を引き絞り、上着を脱ぎ捨てたエドラントの腕が、力強くゼファを引き寄せ、膝へ横向きに抱き上げた。

「あぁっ……っ！」

肌と肌が触れ合い、首にしがみついたゼファは身悶える。たまらないほどの情動が、とめどなく溢れ出す。

エドラントの手にあごを掴み押さえられ、くちびるが重なる。

「……んんっ」

のけぞったゼファの背中を、もう片方の手が支えた。

「掴まっていろ。熱を下げてやる」

息がかかる距離でささやいたエドラントの声がかすれる。

オメガ自身が理性を失うほどの強いヒートのフェロモンに晒され、アルファであるエドラントも興奮を煽られている。普通であれば、アルファの発情（ラット）が誘発されていてもおかしくない。

しかし、エドラントの精神は強靱（きょうじん）だった。強いアルファ性ゆえに危うくも踏みとどまり、自己の欲望を抑え込む。

「あ、あっ……」

ゼファは喘ぎ、快感をねだるように腰を振る。熱を冷ますには、性的興奮を極めて発散するしか方法がない。

それを知っているエドラントの手は、いつもよりも力強くゼファの股間に触れた。

「ひぁっ……っ」

痛みにも快感を得たゼファの肌が、ひと息に汗ばむ。

先端から噴き出た蜜を塗り広げ、エドラントの手は淫らに動き出す。手筒が上下するたびに、ぐじゅぐじゅと淫らな音が立ち、ゼファの敏感な屹立が濡れそぼる。

「あっ、ん、んっ……あぁ……」

手でしごかれながら、ゼファはエドラントのくちびるを貪った。自分から舌を差し入れ、エドラントが吸いやすいように長く突き伸ばす。

「あ……ぁっ……」

エドラントは細く目を開いていた。快楽に打ち震えるゼファを見守り、差し出された舌を噛まないように吸い上げ、ぬめったふちを舌先でなぞる。それからもう一度、きつく吸いつく。

唾液も体液だ。粘膜で交換すれば、互いの感度は増幅し、御しがたい野生の欲望がいよいよ猛りを帯びて目覚め始める。

エドラントは息を呑んで身を引いた。しかし、我を失ったゼファはしがみつく。

「もっと……」

艶かしい声で誘いをかけ、エドラントが指を挿入しやすくなるよう、片足を大きく開いた。

しかし、エドラントは誘いに乗らず、後ろにも触れないでいる。代わりに、淫らな手筒でなおもゼファを責める。先端を包み、形をなぞって丹念にしごく。

きつく握り掴んで動かしていたが、ヒートの熱に浮かされたゼファは痛みを感じなかった。いつもとは違い、異常なほど先走りの蜜が溢れているからだ。

エドラントの手は、なめらかに動く。

「あ、あっ……、そん、なに……っ」

「動かしたら、出してしまいそうか？　かまわない……」

ゼファのこめかみあたりの髪に、エドラントのくちびるが押し当てられる。

「く……ぅ……ッ」

ゼファは息を詰めた。激しくしごき促され、腰がびくっと跳ねる。

白濁した体液が先端から飛び出し、エドラントの膝を越えて飛び散った。数回に分けて精を放ち、ゼファは走り込んできたかのように息を乱しながら、下半身を覆っている指を引き剝がした。自分のくちびるにあてがい、吸いつこうとする。

「……もう、出しただろう」

エドラントは努めて優しく言葉を紡いだ。言い含めるようにして、淫欲に飢えたゼファの瞳を覗き込む。

「私を見てごらん、ゼファ」

呼ばれたゼファの瞳は夢見るようにエドラントを見た。

精を放ってもまだ、苦しいほどの熱は冷めない。けれど、自分がヒートの真っ只中にいることは理解した。

その上で、まだエドラントを求める。

「指を、……ください。奥が……身体の奥が、疼いて……」

とろりと力の抜けた木の実色の双眸は、淫らに色めいている。

「知っている。でも、できない。……いま触れたら、おまえを繋いでしまう」

苦しげな表情に、ゼファはおののいた。つがいにされることの意味を思い出したが、それよりもエドラントの悲しげな瞳に、胸が痛んだ。

だからこそ、心の奥で願う。

いっそ、首筋を噛んで、つがいにして欲しい。

ヒートとラットを言い訳にして、すべて奪って欲しい。

淀んだ欲望はどす黒く広がり、ゼファは目を閉じた。首を左右に振る。わずかに残った理性がゼファを引き止めていた。

エドラントの膝の中から身を引き、唾液に濡れたくちびるを手の甲で拭う。

ゼファの理性の糸は、限界の間際でようやく繋がっている。エドラントにしても同じだ。

「いい子だから、こらえるんだ」

優しく諭され、ゼファは浅く息を吐いた。エドラントの涼やかな目元をすがるように見つめ、くちびるを噛みしめる。

しかし、それさえも、ゼファが傷つくことを厭(いと)う指先にほどかれた。

エドラントの傾ける優しさが身に沁みて、ゼファはうつむく。

「……わたしにも、させてください」

エドラントの腰に手を伸ばし、下半身の衣服をゆるめようとしたが拒まれる。退こうとする腰へ、ゼファは無理に顔を伏せた。

エドラントが息を詰める。布越しに触れた象徴はすでに、木の棒のように硬かった。そして、窮屈そうにしながら脈を打つ。思わず生唾を飲み込んだゼファは、恥じらいもなくエドラントを空気に晒し、先端へとくちびるを押し当てた。

「ゼファ……」

こらえきれない快感がエドラントの声を湿らせる。

「気持ちだけで、じゅうぶんだ」

膝立ちになると、追いかけたゼファの頬を指で撫でた。

「あなただって……、出さなければ……」

つらいとまで言わず、ゼファは昂ぶりの根元へ指を添えた。片手では持ちきれないほど太い幹を両手で支え、裏に舌を這わせる。

いつか、エドラントがしたように、表面を舐めていく。

「……エドラント」

ささやきに交じって息を吹きかけ、びくりと跳ね上がった先端を口に含んだ。甘い先走りの蜜を舌で舐め取り、ゆっくりと誘い込む。

彼の名前に敬称をつけていないことに、ゼファは初めて気がついた。

いつから、そんな不敬を許されていたのか。考えるよりも先に、ぞくりと身体が震え、愛撫を逃したすぼまりの奥が疼く。挿入されたときのことを思い出しながら、快感を与えてくれる昂ぶりは口の中にあるのだと再確認する。

もしかすると、こんな行為はアルファのラットを誘うだけかもしれないとも思った。そうであれば、繋がろうとしないエドラントはいっそう耐えることになる。

けれど、ゼファの手もくちびるも止まらなかった。

顔を動かすと、じゅるっと音が立つ。卑猥さが身に迫り、ゼファは髪を耳にかけながらエドラントを見上げた。

「ゼファ……。そんな目で……」

言葉を詰まらせたエドラントが、手で口元を覆い隠す。

視線がはずれると、ゼファの胸の奥は冷えた。注目されていないと、言いようのない寂しさが募る。ゼファは先端に舌を当てたまま呼びかけた。

「……見ていて」

肉茎を指で撫でさすり、あごをそらす。伸ばした舌に、男の膨らんだ先端を乗せ、ゆっくりと舐める。

「あなただから、するんです……エドラント。……特別だから」

見上げたまま、手にしたものに頬をすり寄せる。

いま一瞬、ゼファにはエドラントしか見えなかった。

けれど、つがいにはなれない。なるつもりもない。

意識がまた朦朧として、視界が潤み始める。

「あなたが欲しい……」

涙が溢れてこぼれ落ちたが、ゼファは、自分が口にした言葉の意味を理解していなかった。

「……おまえは」

また口淫を始めようとしたゼファを押しのけ、エドラントがその場に腰をおろした。

「こんなときに、真実味がない。だから、口にするのか……」

意味がわからず、ゼファは首筋にしがみついた。

ヒートの熱がまた高まり、欲望が溢れていく。

「エドラント。わたしは、あなたのつがいにはなれない。つがいには、なれないんです。……

国に戻って、あの子を助けてやらなければ。……わたしはあの子の兄だ……」

ゼファは闇雲に口走り、涙をこぼした。溢れ返る情欲に揺さぶられ、混沌に囚われていく。

「もうなにも言わなくていい」

寝台の上から自分のローブを引き寄せたエドラントは、それをゼファの首にぐるぐると巻いた。端をきゅっと結び、膝立ちにさせたゼファの両手を壁につかせる。

「今夜は絶対に挿入しない。……これ以上、私を試さないでくれ」

そう言って、閉じさせた足の間に、後ろから昂ぶりをねじ込む。

「あっ……」

ゼファは目を閉じてあごをそらした。エドラントの先走りが太腿の間に広がり、硬く膨らんだ先端がぬるぬるとゼファの裏をたどる。

「あっ、ふ……っ」

まるで背中から挿入されているような感覚に陥り、ゼファは顔を伏せた。息が弾み、声が乱れる。顔の両際から垂れた髪が視界を遮り、薄暗さの中でエドラントの息遣いだけを追いかけた。

「名前を、呼んでくれ。ゼファ。……おまえの声で、求めてくれ……」

「ん……はぅ……。ぁ……エド、ラント……」

呼びかけると、ゼファの背中がのたうつように波立ち、うねりながら快感が広がっていく。

「あっ、あっ……いい……いい……エドラント、エドラント……ッ」

引いては突き出すエドラントの腰づかいに翻弄され、ゼファは熱に浮かされたように繰り返し喘いだ。

エドラントを求める浅ましいほどの欲望にも怯えることはない。ただ、許されるままに溺れていく。

「あぁっ……あぁ……っ、もっ、と……突いて……もっと……」

腰をよじらせ、なおもねだると、エドラントの指がぴったりと閉じたスリットを掻き分けた。

「……は、あぅ……ん」

触れられたくてしかたがなかったすぼまりに、男の太い指が食い込む。

「指だけだ……ゼファ……。我慢してくれ」

言葉とともに、閉ざした襞の一本一本がなぞられる。ねじりながら押し入る親指を、ゼファの肉は強く噛みしめた。

「もう、このまま……。このまま……ッ、エドラント……」

「それはダメだ。溺れても、見失うな。おまえには、おまえの目的がある。……ゼファ、……ゼファ……」

「あぁっ……あ、あっ……」

浅い場所をゆっくりと刺激されながら、股間を行き来するエドラントの逞しさに感じ入る。

矛盾した行為だと、わずかに残った理性で理解した。

つがいにされてしまいたい。このまま快楽に流されてしまいたい。

けれど、それは身体が求める欲望だ。蓄積しようと試みている、理性の行く先ではない。エドラントに教えを乞い、そして想いを馳せる母国のすべては、ゼファの希望だ。

たとえ小さな歯車になるだけだとしても、なにかを成さなければ、屈辱に耐えて生き延びてきた甲斐がない。

「あっ、あっ……」

身体の中で渦を巻く熱は、やがて揺らめく炎になった。

のけぞり、壁にすがりながら、ゼファは幾度も幾度もエドラントを呼ぶ。その名前は、どんな卑猥な言葉よりも、ゼファを焚きつけ燃えあがらせる。

しかし、快楽を貪るのは、つがいになることから逃れるためだ。エドラントの愛撫にすべてを委ね、一方で、身を滅ぼしかねない情炎に耐える。

「ゼファ……、自分を持っていろ。けして、離すな」

しなる背中にエドラントのくちびるが這う。彼もまた、ゼファの名前を口にすることで、理性を強く保っている。

ふたりの声は息遣いとともに乱れて交わり、汗に変わってしたたり落ちていく。それは、果てのない夜だった。細い理性の糸は、ついに切れなかった。

木立を抜ける風を肌に感じるゼファは、夢の中にいた。

小鳥がさえずり、川が流れ、豊かな旋律に導かれて陽差しもきらめく。旋律は弦の音色だ。

柔らかな羽毛の枕に頬をうずめ、細く目を開いた。見覚えのない窓が見え、朝の光が眩しい。枕に顔を戻し、小さく唸(うな)る。

身体のあちこちが痛んで重だるく、目覚めのいい朝ではなかった。部屋に響く音色に気づき、ぼんやりと反対側を見た。

昨夜の記憶をたどりながら、部屋を眺める。こんもりとした黒いかたまりが床にあり、竪琴が見える。指が動くと、かたまりが人なのだと理解できた。音が響いて広がる。

そこにいるのは、楽士のリザだ。

「……おはようございます」

曲が途切れるのを待たず、声をかける。薄ぼんやりとよみがえり始めた昨晩の記憶を、明確に思い出さないためだ。

楽士の指が止まり、ゆらりと立ち上がる。

「エドラントさまは、政務へ」

地を這うように低い声は、ところどころかすれて聞き取れない。

「あぁ……」

耳を澄ましていたゼファは、うなずく代わりにため息をつき、枕へ背を預けた。寝具の中に入っている身体は、一糸まとわぬ姿だ。

ゼファのヒートを目の当たりにしてもエドラントはついに挿入をしなかった。しかし、明け方までは一緒に眠っていたはずだ。ゼファは夢うつつの中で幾度か目を覚まし、そのたび、仰臥するエドラントの腕へ寄り添った。互いに裸のままだ。ゼファが手を握ると、眠っているはずのエドラントの指も動いた。

肩に預けていた額にくちびるが押し当てられた記憶も、夢ではないだろう。ゼファよりも早く起き出し、優しい言葉を残して部屋を出ていった。

ゆっくり眠っていていいと、そんなことを言っていたはずだ。そして、目覚めたとき、ひとりでいることで寂しくならないようにと、楽士を呼び寄せたのだろう。

「あの……、待ってください」

これから身繕いをするゼファに気をつかい、扉へ向かおうとしていた楽士が振り向く。

黒いローブが頭から足までをすっぽりと隠し、竪琴を抱える腕も黒いレースで覆われている。顔が見えず、性別はわからない。声だけなら男のようだが、身のこなしのなめらかさは女にも見える。

「あなたは、彼のことをよく知っている、……でしょう。教えてもらえませんか」

「なぜ」

楽士に短く問われ、ゼファは答えた。

「夏祭りの日、あなたを紹介した雰囲気が……。気を許しているような、そんな気が……、したので」

楽士のことを『あれ』と呼びながら、エドラントの口調に蔑(さげす)みは感じられなかった。むしろ、親しみを含んでいるようにゼファには思えたのだ。

説明すると、楽士はするすると戻ってきて、寝台のほど近くで膝をついた。ローブに隠れていて足元は見えないが、うずくまったのは確かだ。

「なるほど、聡いな。なにを、聞く」

リルカシュとして後宮入りしているゼファに対しても言葉が荒い。声帯に異常があるのだろう。声が吐息のように抜けてしまうので、音にしようとするとかすれて聞こえる。

用心深く耳を澄ましていなければならなかった。

「昨日、初めてのヒートが来たんです。彼は、わたしに挿入しようとしなかった。……したかったはずなのに」

「それを、吾(われ)に……」

聞くのかとまで口にせず、息を震わせる。笑っているのだ。しばらくしてから気づいたゼファは、うつむいた。

「ほかに、相談する相手もないんです。ヒートを迎えているオメガと肌を合わせて平気でいるアルファなんて、書物でも読んだことがありません。……そんなにたくさんの事例は知らないんですが……、でも、普通ならラットを起こしてもおかしくない……はずだ」

「殿下は、人並外れたアルファだ。ゆえに、性的な満足を得がたい」

「相手が途中で気を失って……。目覚めると感動で泣くという話ですか」

「気が滅入るだろう。強いアルファは、奪う者であると同時に、与えるだけの存在だ。……種馬以前の」

死に神のように黒い楽士の口調が沈む。ゼファはかぶりを振った。

「そんなふうに言うものでは、ない。彼に失礼だ」

丁寧な口調をやめ、強く抗議する。楽士は静かにうなだれた。

「そうか。悪かった。……満足させただろう。おまえは、彼を」

「どうかな……」

首を傾げて、ゼファは髪をかきあげる。長い髪が、剥き出しの肌をさらさらと撫でた。

アルファの立場など考えたことはない。奪う者であるというだけで、周囲よりも優れた存在に違いないと思い込んでいたからだ。

奪おうと思えば、ゼファの人生だって、エドラントの思うがままになる。しかし、彼はそれをしない。

アルファの高潔な孤独を、エドラントは抱えているのだ。

奪う立場だからこそ、奪われる弱さへ不用意に踏み込んでこない。ゼファを学ばせ、目で見て感じさせ、望み通りエアテリエへ帰すつもりでいる。それが、思うままの性行為に付き合ったゼファへの謝礼であり、褒美なのかもしれない。

この関係は、別れるまでのかりそめだ。

「でも、わたしは添えない。あの方のお好みは、女性オメガだ……」

身体の相性が良くても、ゼファを選ぶことはありえなかった。

わかりきっている事実だ。ゼファもまた国へ帰ることが目的で、ここにいる。

それでも、胸は痛んだ。もしも自分に王族の血が流れていなければ、忘れられた王子としての悔しさがなければ、つがいでなくてもいい、ここに置いて欲しいと願ったはずだ。

胸に手を当てて、ゼファはうつむいた。

エドラントが与えてくれた知識の重要性は、もう身に沁みてわかっている。

父から受けたいわれなき迫害に対するゼファの諦念は、すべて偽りだ。

パヴェルから身代わりの話を持ちかけられたとき、ゼファの心は動いた。

どんなことでもいい。停滞している人生を動かすことができるなら、身を汚されてでも飛び出していきたかった。

それが、こんな形である必要はないと憤ったローマンに従っていては、成るものも成らないと、世間知らずに意見を押し通した。あのとき、すでに限界だったのだ。

これまで捨てておかれた恨みを忘れることは難しい。迫害されたオメガではなく、ひとりの人間に立ち返ればなおさらだった。

エドラントに教えられた知識に支えられ、いまのゼファは自分ひとりの考えを持っている。口にするのを恥ずかしいと思っていたが、それも昨晩のヒートを乗り越えて変わった。

立身を自らの手で成さなければ、生きていくよりどころが持てない。アルファのつがいになるにしても、国のためでなければ納得できないぐらいだ。屋敷の中でレースを編んでいるだけの暮らしはゼファの望むものではなかった。

「……後宮へ戻ります。侍女を呼んでもらいたいのですが」

ゼファは言葉づかいを丁寧なものへ戻し、楽士に頼んだ。

「お待ちを」

黒ずくめのかたまりがまたするすると動いた。扉を開けて、外へ出ていく。ゼファは両足を抱え、膝に頬を押し当てた。

信頼の心地よさだけでは一緒にいられない。

たとえ、エアテリエの国政に関わっていく野望を捨てることができたとしても、いつかきっと、アルファに寄りかかる自分のことがつらくなる。

なによりも、エドラントの心を欲することは、大きすぎる望みだ。

このまま側室になれたとしても、正妃にはどこかの女性オメガが選ばれるだろう。もしも、ゼファが王族の出と認められても、正妃にはなれない。エドラントは女性オメガが好みだ。だからこそ、ゼファを面白がり、知識を与えてくれた。そばに置かないと決めていたからに違いない。

エドラントが横たわっていたあたりを指先でたどり、手のひらで撫でた。大きく息を吸い込んで、ゆっくりと吐き出す。

痛みに強くならなければ、国へは帰れない。

まなじりを決して、未来を見つめる。そうしなければ、エドラントのそばにいたいと願う自分自身に押し流されてしまいそうだった。

＊＊＊

初めてのヒートを迎えたゼファは、後宮へ戻ってほどなく体調を崩した。

微熱は上がり下がりを繰り返して数日続き、いつまで経っても寝台から離れられない。

道がついたオメガにはよくあることだと、世話をしてくれる侍女は明るく微笑んだ。

しかし、体力の低下は著しく、気晴らしに夕暮れの散歩へ出たゼファは、後宮の前を行き来するだけで息があがってしまう。さらにめまいがして、すぐに部屋へ戻った。

寝台へ横になると、窓の向こうから竪琴の旋律が聞こえてくる。

侍女が気を利かせ、窓を開けてくれた。音は遠くにあり、風に乗ってかすかに届く。

エドラントの指図ではないかと侍女が言う。

これまでのオメガは、ひとり残らず、一夜で帰されてきたのだ。エドラントがようやく愛着を見せたことに、後宮の侍女たちは素直に喜んでいた。

ゼファが男性であることを知りながら『リルカシュ』と思い接している侍女は、このまま正式な寵姫となることを心待ちにしているのだ。

どんな出自であれ、アルファ王の好んだオメガが後宮にひとりいれば、国民としては心が安らぐ。支配者の心が安定していれば、政治も整うからだと、ゼファはエドラントに教えられて学んだ。

母国のエアテリエは、そのバランスを崩した。

亡き父を他人のように思いながら、ゼファは遠く離れた弟のことを案じる。

パヴェルの手紙には、回復の兆しだと書いてあったが、状況は不確かだ。手紙の返事は、すぐに出した。根気強く面会を求めてくれと書いたが、どうしても叶わないときはやはり、ゼファからエドラントへねだるしかない。

「リルカシュさま」

侍女から声をかけられ、ゼファはうたた寝から目覚めた。窓の外から聞こえていた音楽は途絶え、薄い吊り布だけが、窓辺で風に揺れている。

「……よかった。目が覚めておいでですね？　エドラントさまのお渡りです」

朗らかな報告を受け、目をこすりながら身を起こす。ゼファが座りやすいように、侍女がいそいそと枕を積む。もたれかかり、視線を向ける。

侍女はからりと笑った。

「時間ができたそうですよ。……髪を梳きましょう。編んでいる時間はありませんから」

「相変わらず、お忙しいようだね」

「そのようですね」

王宮側の事情に詳しくない侍女は、さらりと相づちを打つ。ゼファを疲れさせないように手早く髪を整え、濡らした布で顔を拭った。

エドラントの到着は早く、入れ替わりに侍女が出ていく。

窓辺に寄ったエドラントはしばらく外を眺めた。ふたたび聞こえ始めた竪琴の音へ耳を傾け、窓枠に寄りかかりながら振り向く。

「見舞いが遅れて悪かった。しきたりだ」

体調を崩した相手から病が移らないよう、しばらく様子を見るのだ。

「医師にはかかっただろうな？」

「はい。……でも、ヒートの名残ですから」

「無理をさせた私の責任だ。挿入してやれないのだから、そばにいるべきではなかった」

「……ひとりで残されるよりはよかったです。……花を、ありがとうございました」

寝ついてから毎日、新しい花がやってきた。枕元の花瓶はそのたびに新しくなり、前日の花が活けられた花瓶は棚やテーブルに移された。

「それぐらいしかできなくて、すまない」

窓辺に立つエドラントに、外から差し込む光がきらめいて降りかかる。ゼファは微笑むように目を細めた。

「彼は、声帯を痛めているんですか？」

「ん？　あぁ……。リザか」

エドラントの視線が窓の外をちらりと見た。

「楽団に所属していて、歌もうまかった。きれいな高音が伸びやかで……。火事に巻き込まれたんだよ。煙を吸った上に、髪に火がついた。火傷はひどかったそうだ……。噂を聞いて、後宮へ呼び寄せた。父が健在だった頃、よく出入りをしていたんだ。あの頃は陽気で、弾むように踊りもしたな」

遠くを見つめる横顔に、ゼファは見入った。エドラントの横顔には、かすかな微笑みが浮かんでいる。

「やはり、親しいんですね」

「あれが、そう言ったのか」

「いえ、そう思っただけです」

楽士とも似たようなやりとりをしたと思い出し、ゼファは小首を傾げた。ふたりはなぜか、親しい仲だと思われることを避けている。

「あれは、女性オメガだ」

近づいたエドラントが寝台の端に腰掛けた。女性と聞いて驚いたゼファの手を握る。

「おまえもじきに、わかるようになるだろう」

アルファとオメガを嗅ぎ分ける能力の精度は人それぞれだ。ベータには区別がつかず、アルファは極めて鋭く、オメガは能力にばらつきがある。

「わかるようになる前に、話しておきたかった」

「どうしてですか」

ゼファがまっすぐに問いかけると、エドラントの精悍な頬に困惑の表情が滲む。それを聞くのかと、言わんばかりだ。

「世間知らず……ですか？」

「いや。おまえの美徳だ。素直でいい。……いつか、おまえも目にするだろうが、火傷を負わなかった顔の半分はいまも健在だ。それなりに歳を取ったが」

「それを、わたしが知っておく理由は……」

「ないか？」

身を屈めるように顔を覗かれ、ゼファはついっと視線をそらした。

「……嫉妬は、しません」

「私の好みが女性オメガだから、つがいにはならないと、あれに話しただろう。……満足していないと思っているのか」

「つがいには、なれませんから」

柔らかく問いかけられたが、質問には答えなかった。

エドラントに選ばれないからではなく、エドラントを選ばないからだ。

ゼファの目的は別の場所にある。アテームと母国がなによりも優先だった。

「知っている」

エドラントの指が、ゼファの手に絡む。

「しかし、誤解はして欲しくない。それとこれとは話が別だ」

「そうは思えません。……あの夜も、どうして挿入しなかったんですか」

「おまえが拒んだからだ。おまえの心が、望んでいなかった」

ゼファの頬に手を添えたエドラントが近づき、引き合うようなくちづけを交わす。

「体調が戻ったら、ミスカギートの舞踏会で着るドレスを作ろう」

言いながら片手で靴を脱ぎ、寝台へ上がってくる。ゼファの隣に並ぶと、肩へ手を回した。

「舞踏会にはエアテリエの国王代理が来る。後見人のドレイム・ルータイだ。ここへ来る前に会ったか?」

「いえ。わたしが会ったのは、使いの者だけです」

「では、向こうが気づくことはないか……。おまえとわからないほど着飾るのもいいだろう。さぞかし見栄えがするはずだ」

「……あの」

ゼファは、大事なことに思い至った。

「舞踏会の作法も、書物で読んだだけです。参加したことは、一度も……」

「私がいるから、心配することはない。舞踏会といっても、今回は私的なものだ。それより、ダンスは?」

「ひと通りは習っています」

「ドレスの出来上がりを待つ間に、その練習も必要だな。時間を作るようにしよう」

「お忙しいのでは」

ゼファが慌ててすがりつくと、隣に並んだエドラントは笑った。

「夜伽の回数を減らせば済むだろう。……なにもしないというわけにはいかないが」

艶めいた瞳で見つめられ、ゼファは頬を赤らめてうつむく。よみがえってくるのは、日々重ねてきた、快楽の深さだ。本能に揺さぶられたヒートの熱ではない。

「なにを考えている……。教えてくれ」

こめかみにエドラントの息がかかり、ゼファは身震いをして逃げる。しかし、肩を抱き寄せられた。

「教えられません」

拒んで顔を背けたが、振り払うことはしない。なおも耳元をくすぐられ、笑いながら身をよじる。エドラントも楽しげにゼファを追った。

互いの笑い声が絡み、もっと聞かせて欲しくて、ゼファは逃げ惑う。

開いた窓からすべり込む竪琴の音はいつまでも続く。だから、ゼファもエドラントも、ふざけ合うことをやめなかった。

【4】

舞踏会が開催されたのは、ミスカギートの国領の端だ。エアテリエとイルリ・ローネにも、ほど近い。

広大な庭に人工の池が作られた離宮はきらびやかで、ゼファはおおいに気後れした。庭にも建物にも、内装にも、国力の違いを見せつけられ、驚くばかりだ。

舞踏会の主催者はミスカギートの王族で、主立った招待客は三国の貴族たちだ。エドラントは賓客だったが、特別な席が用意されているわけではない。

招待客は、広間でダンスに興じながら、挨拶を交わし、友好を深める。エドラントの同伴者であるゼファは、隣に立って微笑むだけが仕事だ。

用意されたドレスは、養蚕が盛んなイルリ・ローネの絹布の中でも選び抜かれた高級品で、薄い紫の濃淡で染めあがっている。

裾の広がりはなく、肩と袖にたっぷりとレースがついていた。そして、耳の後ろの髪を左右一房ずつ残して結い上げた髪に、ドレスと同色の花を散らしている。その姿は、イルリ・ローネの青年王の同伴者として完璧だと褒めそやされる。

世辞だとわかっていても悪い気はしない。しかし、一方では、『淫心の王』の夜伽に付き合っているのかと値踏みする視線も感じ、気にするなとエドラントに耳打ちされて気を引き締めた。社交界に噂話はつきものだ。

　羽扇で口元を隠したゼファは、詰め襟の正装をしているエドラントの腕に掴まり、広間へ視線を向けた。舞踏会の最初に踊られる群舞が終わり、皆、思い思いに会話を楽しんでいる。

　集まった年齢層は幅広く、姫君たちのドレスは趣向を凝らして見栄えがした。見合いの場でもあるのだ。

「あれがアテーム王の後見人だ。ドレイム・ルータイと、息子のエジェニー」

　挨拶を終えたばかりのエドラントにささやかれ、言われた方向へ視線を流し、ゼファは目を細めた。子どもの頃に会ったことがあるはずだが、まるで思い出せなかった。

　ドレイムは神経質そうに痩せた白髪交じりの男だ。息子のエジェニーはそんな父親に似ず、均整の取れた体躯で愛想よく笑っている。次から次へと挨拶を交わしていく姿はめまぐるしいが、嫌みな感じもしなかった。

「ゼファ。少し、ひとりでいられるか？」

「どこへ……」

　不安そうな目を向けてしまい、わずかに恥じ入る。

「踊りに誘われたら、どうしましょう」

「おまえを誘う度胸があるのは、私の親衛隊ぐらいだ。お気に入りを連れてきたと、すっかり存在が知れ渡っているからな。……そこの扉のそばにいてくれ。すぐに戻るよ」

するりと離れたエドラントは、背筋を伸ばして歩き出す。彼が人を避ける必要はない。向こうがおのずと道を譲る。しかし、イルリ・ローネの王だからではなかった。エドラントには他を圧倒する存在感があり、それは背を向けていても近づかれたことがわかるほどだ。威厳に満ちた凛々しさに目を奪われたゼファは、挨拶をする先が女ではないことを確かめてしまう。

ささやかな嫉妬に心が塞ぎ、その場から離れた。エドラントの指示に従い、扉のそばへ寄る。大きな両開きの扉には硝子がはめ込まれ、バルコニーへ続いているのが、近づいて初めてわかった。

今夜は月明かりがある。外へ出てみると、庭の向こうの池が見えた。月光が降り注ぎ、水面が清(さや)かにきらめいている。ゼファはじっと景色を眺め、エドラントに戻ってきて欲しいと思う。この景色を、ふたりで分かち合いたかった。

息をついたのと同時に、背後の空気が動く。人の気配がした。

「ゼファ。本当に来ていたのか」

想像しなかった声が聞こえ、ゼファは驚いた。そこにいるのは、パヴェルだ。肩で切り揃えた髪型に、フリルを施した詰め襟の上着を着ている。

ふたりは隠れるように、人目のないバルコニーの端へ移動した。

「噂話を耳にして、探していたんだ。エドラント公の寵姫と言われて、ピンと来た」

「手紙は無事に届いただろうか」

ゼファが尋ねると、パヴェルは力強くうなずいた。

「受け取ったとも。……まだ、無事なんだな？」

つがいにされていないことを確認され、ゼファは複雑な気分でうなずく。しかし、顔には出さなかった。パヴェルが胸を撫でおろして笑顔を見せる。

ゼファは話を変えた。

「……アテームの様子は」

「良くなっている。さすがに、ここまでは来られないが、じきに王宮で晩餐会が開かれる。……だから、もうそろそろ帰ってきて問題ないんだ」

「本当に……？」

ゼファは戸惑いながら問いかける。

「本当だよ！」

パヴェルは興奮したように両手を大きく動かした。

「いつまでも人質を預けているなんて、恥ずかしい話じゃないか。それに」

パヴェルは身を屈め、声を潜めた。

「アテームはやっぱり世継ぎを作れるかどうか……。よくはわからないが、高熱が続いたことが原因だろう。だから、なんとかして、後宮を出る理由を探さなければ」

「どういうことだ」

ゼファは首をひねった。

「表向きは行儀見習いの後宮入りだ。国が言えば……」

「ゼファ、そうはいかないんだ。実質は人質だ。現に面会も認められない。正面から交渉すれば、時間がかかる。……手がついたんだろう」

表情を曇らせたパヴェルの口元が歪む。

「『淫心の王』とはよく言ったものだ。男相手にも見境がない。まるで雑食の獣だ」

蔑むように言われ、ゼファの胸は疼いた。パヴェルの思うような王ではない。思わず擁護したくなったが、喉元まで出てきた言葉はすべて呑み込んだ。

パヴェルは続けて言った。

「よく耐えたな。きみに頼んで、本当によかった。『本物』ではこうはいかなかった」

本物とは、幼いリルカシュのことだろう。

ゼファは違和感を覚え、従兄弟の目元をじっと見つめた。言葉に『裏』が含まれている。しかし、それがなんであるかまでは想像が行き着かない。

ゼファに手がついたことで、エアテリエに対するイルリ・ローネからの援助は確かなものになり、結果として、前王の画策した三国同盟に対する裏切り行為も水に流されたことはエドラントから聞いている。エアテリエの地位は保たれたのだ。

「ゼファ。向こうの王国議会が人質を素直に手放すと思うか？　いまのいままで見つからなかった『王のお気に入り』だ。三国同盟に関する尽力に対して、このまま側室として望まれる可能性もある。そうなれば、後見人だって動くことはできなくなるんだ」

パヴェルの説明には違和感がある。しかし、即座に切り返すことができなかった。

「きみは、国のアルファとつがいになって、跡継ぎを産んでくれ。そうでなければ、長く続いたガバルシュビッツ家の血統が途絶える。……無論、そのつもりだろう？」

「もちろん、そうだ」

即答したが、ゼファの心は乱れた。

エドラント以外のアルファをつがいにする。少し前までは当然の如く考えていたことが、いまは恐怖ですらあった。

彼以外を受け入れるということは、あの無防備なヒートの期間をともにしなければならないのだ。あんなに優しく扱っては、もらえないだろう。

「アテームもそれを望んでいるんだ」

パヴェルに言われ、ゼファはくちびるを引き結んだ。まだ年若い弟の面影が脳裏をよぎる。

「ゼファ、きみだけなんだよ。直系の血を繋ぐことができるのは」

「……わかってる」

ガバルシュビッツ家のオメガは、もう残されていない。唯一のアルファであるアテームに子作りができず、ゼファも不在となれば、傍流であるパヴェルのラズキン家も力を失うことになる。

現在の第二・第三の王位継承者は別の血統であり、それぞれに傍流を従えている。現在の第二王位継承者は後見人であるルータイ家にいる老人だ。

王位を継ぐ血統が変わるということは国政の乱れに繋がる。急激な権力争いが起こり、内乱の口実ともなりえると、これまでの歴史が証明していた。

ゼファの胸に、ひやりとしたものが流れ込んだ。オメガである己の行く末を案じる気持ちが、国を憂える気持ちに抑え込まれていく。つがいを選り好みする余裕などないのだ。

「パヴェル、わたしの世話係をしていたローマンは、あれから見つかったか」

「ローマン？　あぁ……」

それがどうしたと先を促される。ゼファは羽扇を両手で握りしめた。

「もう、捜さなくていい」

「……そうなのか？　わかった、そうしよう」

気もそぞろにうなずいたパヴェルが、広間へ視線を向けた。

「もう行かないと……。エドラントの王の同伴者を口説いたと誤解されるのも厄介だ。ゼファ。なにも心配はいらない。……なんとかして面会できるように働きかける。そのときまた、相談しよう。いまの話、覚えておいてくれ」

肩を叩かれ、相手を見る。パヴェルの髪が揺れたとき、覚えのある香りが揺らいだ。

独特の刺激を含んだ草の匂いがその場に残り、ゼファは眉をひそめる。どこで嗅いだのかを思い出そうとしながら、音楽が溢れる広間から顔を背けた。

ひとりに戻り、バルコニーの端へ近づく。池を取り囲む木立が、月明かりの中に浮かびあがった。

「ずいぶんといい匂いがする」

ようやく記憶にたどり着こうとしていたゼファの手から、思いつきがするりと逃げる。肩越しに振り向き、無粋な声の主を睨んだ。

白い上着はミスカギートの軍服正装だ。肩から斜めに太い帯が渡されている。

「月からしたたり落ちてきたような美貌だな」

太い声は、好戦的かつ傲慢な響きだ。ゼファよりもずいぶんと年上に見えるが、引き締まった野性的な容貌がいかにも精力的だった。

見上げるほどに背が高く、薄笑みを浮かべていても猛々しい。

「オメガの匂いだな。年頃の、いい甘さだ」

ためらいもなく近づいてきたかと思うと、ゼファへ手を伸ばす。羽扇で叩き払おうとしたが、あっさりと手首を掴まれ引き寄せられた。相手の胸を押し返そうとした瞬間、むせかえるようなアルファの匂いがゼファを襲う。

エドラントに勝るとも劣らない、濃厚な匂いだ。けれど、ゼファの身体は快感を思い出さなかった。性的ではあったが、よく知っている体臭とは根本的な質が違う。

レースで覆われた首筋の匂いを嗅がれそうになり、ゼファは思いきり、相手の頬を張り倒した。鈍い音が、ほの明るいバルコニーに響く。

どちらの手に持っていたものか、羽扇が床へ落ちる。

男はこぼれ落ちんばかりに目を見開いた。しかし、ゼファを殴り返すことはない。

「あなたが無礼なんですよ」

ふたりの間にさっと腕が差し込まれた。割って入ったのは、若い男の声だ。抱き寄せられたゼファは、素直に身を任せた。胸で息を繰り返し、傲慢な男から顔を背ける。

ゼファを抱いたのは、馴れたエドラントの匂いだ。微塵も恐怖心を抱かせず、柔らかな真綿で包むようにゼファを守る。

「私の同伴者です」

エドラントは強い口調で言った。相対する男は、一国の王に萎縮することもなく、かすかに笑う。

「それは、失礼をした。あまりに美しいので、月の雫が人の形を得たのかと……。本当に存在しているのか、確かめたくなっただけだ」

男の態度はふてぶてしい。

まがりなりにも軍服正装を着用しているのだから、ミスカギートの武官だ。エドラントがイルリ・ローネの青年王だと知らないはずがない。

ゼファの視線に気づき、相手がすっと瞳を動かした。エドラントの前でも臆することなく投げかけられる目つきは、まるで獲物を狙う獣のようだ。瞳の奥がねっとりとした熱を帯びる。

性的な興味をあからさまにぶつけられ、ゼファの頬は知らぬうちに引きつる。嫌悪と恐怖が同時に迫り、思わず顔を背けた。

「今日はもう帰ろう」

エドラントにささやかれ、胸にひたと寄り添う。わずかでも離れたら、軍服の男が喉元に食らいついてきそうで、本能的に恐ろしい。初めてのヒートが来たばかりのゼファは、アルファの匂いに敏感になっているのだ。だからこそ、エドラントがそばにいると心強い。

「ジャバル・グレイ・ヘンガウス公。それでは、また」

エドラントは威厳のある声で相手の名前を口にした。

怯えたゼファの肩をいっそう抱き寄せ、相手が拾い上げて差し出したゼファの羽扇を代わりに受け取る。

軍服の男はかすかに笑ったようだ。緩慢に腕を動かし、敬礼の姿勢を取る。それもまた慇懃無礼な仕草だった。

「ごきげんよう。エドラント・ラキム・マルシュキン公。……また会おう」

高圧的な低い声が、エドラントの正式名をさらりと口にする。最後の言葉にだけ、まといつくような気配があり、ゼファは少しでも早くこの場から逃れたいと急いた。

宿泊施設として用意された敷地内の邸宅は、エドラントとゼファ、それから護衛として付き従う親衛隊の数人だけが使用する。

彼らは当番を組み、有事に備えて廊下に待機していた。

「あの男が、ミスカギートの王だ。ジャバル・グレイ・ヘンガウス」

エドラントに言われ、小さな居間の長椅子に座ったゼファは驚いた。

水の入ったグラスを両手に持ち、開いた口を閉じないままで、ため息をつく。

「なるほど……。道理で」

「アルファ性が強かっただろう。彼も『淫心の王』と呼ばれた類いだ。正妃とつがいの仲だが、新しいもの好きの悪癖がある。……年齢を考えて欲しいところだがな」

珍しく、悪態をつくような物言いだ。あからさまな嫌悪の中にも困惑が感じられる。

「同族嫌悪ですか……？」

疲れきったゼファは静かに言った。喉を小さく鳴らして水を飲み、グラスをテーブルへ戻す。

壁際にいたエドラントが動く気配とともに、無礼な物言いをしたと気づいた。

「申し訳ありません」

「なにを謝るんだ」

エドラントは笑っていたが、許したことになるわけではない。

気分を悪くさせたことを確かめるのが恐ろしく、ゼファは慌てて立ち上がった。逃げ場を探して、窓辺に立つ。

窓の吊り布は開かれたままだ。室内を映した硝子越しに、月明かりの森が見えた。

「同じだと思ったわけじゃありません。あなたは自分を律することができる人だから、あんな不躾な欲望を感じたことは……」

あたふたと言い訳をしていたゼファは、いつのまにか、エドラントに背後を取られていた。

「ジャバルは無礼だったか」

窓枠に置いた腕の、曲げた肘がそっと掴まれる。

身体がびくっと震えた。獰猛な雰囲気を醸(かも)したアルファの記憶が遠のき、爽やかに甘酸っぱいエドラントの匂いを感じる。

「……一国の、王ですから、ある程度は無礼でも……」

「それを引っぱたいたな」

背後でエドラントが笑い出し、ゼファは飛び上がらんばかりに両肩をすぼめた。

「あ、あれは……っ」

首筋の匂いを嗅がれそうになり、頭に血がのぼったのだ。

「ジャバルに睨まれると、ほとんどのオメガは身動きが取れなくなる。……おまえはやはり例外だったな」

「やめてください。……わたしは、なんてことを」

「間違ったことはしていない。挑まれたら、受けて立つ。それでこそ王族だ」

両方の肘が手のひらで包まれ、指先でそっと肘先をたどられる。

柔らかな息遣いがレース越しの首筋をかすめ、ゼファは目を閉じた。知らぬ間にあごが上がり、のけぞるように息をつく。

「あなたに迷惑を……」

「すっきりしたよ。あの男が手酷く振られるところを見ることができたからな。おまえは威勢が良くて、凜々しかった……」

肘先をたどった手が腰へ回る。背後から抱き締められ、ゼファは目を伏せた。

エドラントの言葉は自信をくれる。出会う以前のゼファなら、ジャバルに気圧(けお)されて身動きすら取れなかっただろう。

あのとき、とっさに反応できたのは、ゼファの胸にエドラントの存在があったからだ。

「もっとうまくかわせるように、精進します」

うつむき、はにかんで答えると、腰に回った手がするりと動く。寄り添った体温が離れていく気配に、ゼファは顔を上げた。室内を映す硝子窓を見たが、エドラントはまだ背後に立ったたままだ。

「あ……」

低い舞踏靴を履いた足元で風が動き、ゼファは息を呑んだ。長い裾がたくし上げられ、エドラントの手が背後から内太腿に這う。

「こんな……ところで……」

ゼファは慌てて身をよじった。廊下には警護の親衛隊が立っているのだ。いつ扉が叩かれるとも限らない。行為に及べば、声だって聞こえてしまう。

「どこなら、いい？」

ゼファの耳の後ろへ息を吹きかけ、エドラントが足の間へ膝をねじ込ませてくる。優しいふりをして強引だ。恥ずかしがって慌てるゼファをからかっている。

「ま、待って……」

「待たないよ。……待てないだろう」

片手が裾の内側で動き、ゼファの下半身に触れる。まだ反応していなかった場所が、下着ごと揉みしだかれた。あっという間に熱が育ち、ゼファは震えるように首を左右に振った。

「ぬ、脱がして……」

「大胆だ」

「からかわないでください。せっかくの絹が汚れてしまいます」

「……かまわない。二度は着ない服だ。このまま……」

裾を離した手がゼファを振り向かせる。待ち構えたくちびるが頬をすべって、ゼファのくちびるを塞いだ。

「ん……」

軽く押し当てたあとで、下くちびるがついばまれる。窓枠に掴まったゼファの身体は素直な反応を示した。腰が揺れ、熱が募る。

「きれいだ。ゼファ。……今夜も」

艶かしく響く甘い言葉に、ゼファの心が軋む。素直な反応を見せる身体とは裏腹だ。

「女の装いだから……」

顔を背けて、また前を向く。硝子窓に額を押し当てた。無駄な抵抗をする気はない。

「かわいいことを言って、私を困らせるんだな。……そういうのを、駆け引きというんだ」

「違います。そんなこと、しません」

「……私に、女の格好だからじゃないと言わせたいだろう？」

エドラントの手が淫らに動き、下着がずり下げられる。

「もちろん、その通りだ。ゼファ……。私はいままで、外見にばかり囚われていた。でも、今は違う。……第二の性が問題でもない」

「んっ……」

指が肉を分けて、すぼまりを突く。同時に前をしごかれ、快楽がゼファを覆い尽くす。エドラントの言葉が聞き取れなくなり、どこもかしこも、じんわりと痺れ始めた。

「外も、中も、おまえは最高だ」

指に運ばれた唾液がすぼまりを濡らす。ゼファが興奮すると、内側からもぬるりとした体液が溢れてくる。指はやがて自在に動き、立ったままで耐えるゼファを掻き乱した。

「あ、あっ……ん」

「……おまえは、本当に……手放すに惜しい」

耳の端を軽く噛んだエドラントが、指を引き抜く。代わりにあてがわれた肉杭は、いともたやすくゼファを貫いた。

「あっ……ぁ」

ゼファはつま先立ってのけぞり、押し開かれた苦しさから逃れようとした。しかし、背後に立つエドラントの腕に抱き戻され、いっそう深い場所へねじ込まれる。

「あぁぁ……っ」

窓枠に掴まり、ゼファは身をくねらせる。逃がしきれない愉悦が弾け、こらえたい声がくちびるからこぼれ落ちていく。

「……あ、あぁ」

ゼファの喘ぎを聞き、エドラントはすぐに動き出した。我慢ができないとばかりの抜き差しは艶かしい。求められている実感にゼファは奥歯を噛みしめる。

「くっ、ぁ……はっ……ぅ」

エドラントを包み込む柔肉がきゅうきゅうと締まり、そこを斜め下からえぐられる。どこをこすられても気持ちが乱れ、先端が押し当たるたびに嬌声が漏れた。

立ったままで背後から貫かれる淫靡さに身悶え、ゼファは己の欲の深さに恥じ入る。それでも、この瞬間の悦楽を逃すことはできなかった。

いつまでもエドラントの腕の中にはいられない。終わる関係だからこそ、ゼファの胸の奥は燃えあがる。

彼は、ゼファに多くのことを教えてくれた。

知恵と経験とを、惜しみなく与えてくれたのだ。

パヴェルの発言への違和感を思い出し、ゼファは納得した。彼は、ゼファとエドラントの関係を知らないのだ。

夜伽をするだけでなく、イルリ・ローネとエアテリエの国政について話をしているとは想像してもいない。だから、ゼファのことを、囲われるだけの存在だと思っている。

実際は違う。ゼファから申し出れば、エドラントは後宮から出られるように取り計らってくれるだろう。王国議会が阻(はば)んでも、望みは叶えられる。

そして、互いに、別のだれかを探すのだ。

ゼファは、アテームのために。エドラントは、国民のために。

離れたら、もう二度と会うことはない。どこかの舞踏会で挨拶を交わしても、初めて会ったようなふりをするだろう。

「あぁっ……」

大きく喘いで、自分の腰に手を回す。エドラントの手を探し出して掴む。感情がにわかに昂ぶり、涙がこぼれた。身体がエドラントを放すまいとしてよじれていく。

「ゼファ……。後悔しているか？」

ふいにエドラントから問われる。

「私が道をつけたことだ」

腰の動きがゆるやかになり、ゼファは長く息を吐き出す。

「それは……」

「当然だな」

先回りしたエドラントが言う。しかし、ゼファが口にしようとした言葉ではない。

訂正しようとして口ごもる。ふたりの仲を肯定することはできなかった。

もしも、エドラントから後宮に残ってくれと言われても、ゼファには受け入れられない。

それを知っているエドラントだから、後悔しているかと聞いてくるのだ。

決意は覆らない。それなのに、胸の奥は激しく疼いた。

息をするごとにエドラントの匂いがして、自分が甘くとろけていくのを感じる。快楽に溺れているからではなく、心から信頼し、そして尊敬を向ける相手だからだ。

ゼファにとってはもう、エドラントが放つアルファの匂いだけが特別だった。

「……ゼファ、責任を取らせてくれ」

エドラントの言葉の意味を考えることさえ拒み、ゼファは首を左右に振る。

「あなたは、もうじゅうぶん、責任を取っています……。だから……」

焦らさないで欲しいと、腕にすがりながら上半身を起こす。背中を向けてつま先立ったまま、ゆっくりと腰をこすりつけ、胸にもたれかかる。

「続きを……ください……。エドラント……」

精悍な頬へすり寄り、くちびるをかすめる。

いつか聞いた侍女の恋の話を思い出し、胸の奥に痛みが走る。あのときは、恋がどういうものかさえわからなかった。他人に対して、それほどまでに心が躍るものなのかと不思議だったぐらいだ。

しかし、いまのゼファには理解できる。

エドラントを特別だと思うたびに胸が疼いて、そして痛み、甘い喜びが広がっていく。恋とは甘く心躍るばかりではないのだ。

エドラントに道をつけられ、ゼファには、ひとかけらの後悔もない。けれど、ふたりはつがいになれない。ゼファには望みがあり、エドラントはヒートにさえ理性を見せた。

それはおそらく、エアテリエの第一王子への気遣いであり、ゼファが男性オメガだからだろう。エドラントがひとりの男として扱ってくれるほどに、ゼファの心はせつなく悶える。

これを、きっと、恋と呼ぶのだ。

考えないようにしてきたゼファは目を閉じる。まぶたに、眩しい陽差しがよみがえった。落馬したあの日の川辺。祭りの日の木立。ふたりで迎えた朝の色。

いままで薄暗かったゼファの人生を、エドラントはすっかりと木漏れ陽の中に引き出してしまった。

もう、刻は戻らない。エドラントと出会う前のゼファには戻れない。

世間知らずで浅はかな希望は、知恵と経験を得て、現実的な野望に変わっている。それを支えたのもエドラントだ。

そして、ゼファが自立するほどに、ふたりの間は遠くなる。

「エドラント……」

愛しく響く名前を口にして、ゼファは息をつく。寄り添ってくる男の指を掴み、哀しい物想いを途切れさせた。

＊＊＊

エアテリエからの使いとしてパヴェルが現れたのは、ミスカギートでの舞踏会から後宮へ戻って七日目のことだった。待つほどのこともなく、事態は急激に動いていく。

ゼファは戸惑いを覚えながらもパヴェルと向かい合った。

「イルリ・ローネの王国議会は、やはり、きみをエドラント公の側室に据える腹づもりらしい」

苛立ちに任せて顔を歪めたパヴェルは声を潜める。面会場所は後宮の客間だったが、天気がいいからとパヴェルが望み、ゼファが侍女に掛け合って外へ出た。

空の色は夏めいて、陽差しが白く眩しいほどだ。

しかし、風は爽やかに吹き抜け、心地がいい。

見張りはおらず、パヴェルの従者も王宮からこちらへは入ることができなかった。

「勝手な話だ。まだ正式な話は出ていないが、内々での打診は進んでいる。しかし、こちらが承諾することはない。きみは……」

女性オメガであるリルカシュの身代わりに過ぎない。

そもそも人質を欲したイルリ・ローネの思惑は、エアテリエに無理難題を押しつけることだった。オメガを排除したことを知っていての戦略的な駆け引きだ。

「……ヒートは来るようになったのか？」

パヴェルに聞かれ、ゼファはうなずきを返した。

「そうか。いよいよ猶予がないな。……強硬手段を取る。エドラント公は近々、療養中の親族を見舞う予定だ。そのとき、きみをここから出す」

「え？」

ゼファは耳を疑った。それでは完全な逃亡だ。

「人質とはいっても、貴族の娘だ。手がついただけならまだしも、側室になれば国同士の利害に関わる。きみには難しい話で理解できないだろうが、これは国家の問題だ」

パヴェルは仰々しくため息をつき、切り揃えた髪の先を肩からよけるように手でなびかせた。ゼファはその仕草を目で追う。侮られたことに気づいたが、なにも言わずに黙った。

「心配はいらない。きみはすぐに、王宮へ戻れる」

折りたたまれた一枚の紙を差し出される。

受け取って開いたゼファはしばらく動けなかった。

それは、ゼファの地位を証明する書類だ。第一王子として王宮へ戻ることを認めると書かれ、アテームの直筆サインも入っている。

「手引きは彼女がする」

考え込んでいたゼファは、ハッとして振り向く。離れて控えている侍女が、かすかにうなずくのが見えた。

「国へ戻って、アテームを支えてくれ。彼は、兄に会いたがっているんだ」

　感情を揺さぶる言葉に、くちびるを引き結んだ。パヴェルは黙ったままで、書類をすっと引き抜き、上着の内隠しへしまい込む。

「彼女を買収したのか」

　ゼファが尋ねると、うつむいて答えた。

「……外に、男がいる。エアテリエからの間者だ」

「そんな……」

　脳裏に、秋祭りの話をしていた侍女の顔が思い浮かぶ。

「それは、このために？」

「いや、違う。まったくの偶然だよ」

　答えを聞いて、ゼファは内心で安堵した。確かに、彼女の話では、ゼファが来る前からの仲だった。

「とにもかくにも、きみを救い出すことが第一だ。……間違っても、つがいになるな。ガバルシュビッツの血統が途絶えることになる」

　釘を刺され、パヴェルを見つめ返した。

「……パヴェル。後見人のドレイムの息子は、ベータなのか」

「なぜ？」

パヴェルの視線が、一瞬だけ鋭くなる。

「確か、アルファのはずだ……」

思い出そうとして記憶を探ったのだろう。表情はすぐに、やわらいだ。

ゼファは反対に物憂くため息をついた。

「それなら、わたしのつがいの相手は、彼ということになるだろうな」

よほど相性が悪くない限りは、当人同士の気持ちよりも家柄が優先される。相手を選べるのは、エドラントのように王位にある者だけだ。

特に、いまのエアテリエでは当事者に選択権など与えられないだろう。つがいを持たないアルファも限られている。

「あぁ、確かに。まだ結婚していなかったな……。気が合いそうか？　この前の舞踏会で、ちらりとは見ただろう」

パヴェルから気遣わしげに問われ、ゼファはぼんやりとドレイムの息子を思い出した。名前はエジェニーだ。

「陽気そうだったな。……ラズキン家にアルファは？」

「我が家はしばらくアルファを出していない。兄も弟もベータだ。……ゼファ、ここから逃げるときは馬に乗ることになる。ぼくがきみを乗せるから、心配しなくていい。夜になるだろうから、国境に宿泊場所を用意しておく」

馬にも乗れないと決めつけた発言に、ゼファは弱く微笑んだ。

憤りは微塵も感じず、ただ現実を受け止めるのみだ。不用意に心を乱せば真実を見誤ると、エドラントからの教えが身についている。

「くれぐれもエドラント公に悟られないように。あとのことはきちんと手を回すから」

パヴェルが腰を上げ、ゼファも遅れて椅子から立つ。

「ゼファ。一緒に、アテームを支えていこう」

手を差し出される。爽やかな笑顔は、ちらちらと見え隠れする嘲りにそぐわない。彼の態度がどこかで変わったわけではなく、ゼファにも言動の裏が読めるようになったのだ。

だから、やっと母国へ帰れるというのに心が晴れない。これから先、王宮にいる人間からは同じような態度を取られるのだ。

捨てられ忘れられた王子。教育も受けていない、かわいそうなオメガ。

それがゼファへの評価だろう。

差し出された手に対し、男同士なら握手をするところだが、ゼファは女のふりをしている。だれを気にするでもないが、女のように指先を返す。軽く握られ、パヴェルは片膝をつくように身を屈め、別れの挨拶をした。

立ち上がったとき、風に乗って草の匂いが漂う。去っていくパヴェルの背中を、ゼファは物憂く見送った。舞踏会でも感じた匂いの正体に思い至らず、すっきりしない。

あのとき、答えを得ようとした瞬間に、ミスカギートの王が現れた。そして今度は侍女から声がかかる。

「リルカシュさま……」

ゼファは物思いを途切れさせた。

「手伝ってくれるそうだね」

「……どうか、エドラントさまには、おっしゃらないでくださいませ」

「それは、こちらの言うことだ。脅されているんじゃないね？」

ゼファが顔を覗き込むと、侍女は弱々しく微笑んだ。

「彼の頼みなんです。きっと、事情があるんでしょう」

「詳しい話は聞いていないのか……」

「聞かなければ、知らないことになると言われて」

「それはそうだ。……でも、わたしが消えれば、きみが困ることもあるだろう」

「問題はありません。策もいただいています」

侍女はきっとくちびるを引き結び、ここから先は自分の問題だと言わんばかりに微笑んだ。

「……リルカシュさまでは、なかったんですね」

「そうだ」

ゼファは深くうなずいた。詳しいことを知らない侍女に名前は教えられない。

「だから、エドラントさまは、あなたに『ゼファ』と愛称をお付けになったんですね」

愛称ではなく本名だが、訂正はしなかった。

「お似合いのおふたりでしたのに」

侍女の声はかすかに震えていた。本心では、ゼファがここに残り、エドラントのつがいになってくれることを望んでいるのだろう。彼女の中でも、恋心と国の安寧が秤にかかっている。

そして、成就する、しないに関わらず、恋心を選んだのだ。

ゼファは眩しさに目を細めた。

自分には選ぶことのできない道だ。もうすぐ、エドラントとの別れがやってくる。

覚悟はしていたが、現実味を帯びてくると胸が張り裂けそうに感じられる。

自分のことを顧みて、これほどまでに弱い人間だったかと苛立ちを覚えたが、よくよく考えてみれば、確かに弱かった。

世間知らずで、知識も乏しく、先を考えているようで大事なことを見逃してばかりいた。エドラントがいなければ、ここまで成長することはできなかっただろう。

あともう少しだけそばにいて、会話を続け、学びたい。

しかし、そこに芽生えた恋心を思えば、良策とも言えなかった。愛しいからこそ、潔く身を引かなければ、傷ばかりが深くなる。

侍女とともに部屋へ戻りながら、せめて彼女の恋だけは末永く叶って欲しいとゼファは願った。そして、美しい後宮の建物をよく覚えておこうと思う。

この先、どんなことがあっても、ここが自分の始まりだ。ゼファは、そう考えた。


夜になり、エドラントはいつもよりも早く渡ってきた。散歩へ出ようと誘われ、庭のはずれの東屋へ出る。

東屋といっても屋根のない月見台だ。すでに絨毯(じゅうたん)が広げられ、酒や果物の準備も整っていた。しかし、月は細い。代わりに無数の星がきらめいている。清かな星月夜だ。

闇にまぎれて控える楽士が竪琴を奏でた。柔らかな旋律がたゆたい、ときどき気まぐれに複雑な技巧が披露される。少しの酒で酔ったゼファは、引き寄せられるままにエドラントの足の間へ収まった。

「面会に応じて気疲れがしたか?」

背中から抱かれたゼファの長い髪に、エドラントの声が降りかかる。

「そうですね、少し……」

あごをそらすまでもなく、星空は斜め上空にも見えていた。あまりに輝くので、手を伸ばしたい気分になったが、酔いが回った身体を動かすのは億劫だ。

「面会に来たのは、おまえの従兄弟だな。……パヴェル・ラズキン」

「ええ、そうです」

パヴェルからは偽名を使ったと聞かされていたが、ゼファは素直に答えた。

「素直なところはおまえの美徳だが……。そんなふうで、いいのか？」

エドラントが笑うと、預けた背中が揺れる。息遣いの軽やかさにゼファはひっそりと息を吸い込んだ。

叶わない恋と知っているからこそ、エドラントを騙せない。

「かまいません。……知っているんでしょう。あなたは、なにもかも」

鷹揚(おうよう)なふりで、冷静な問いを返す。

「なにを、だ」

さらに問い返されたが、かわされたとは思わなかった。エドラントの手が胸の前へ回り、手のひらが押し当てられる。

星のまたたきを見つめながら、ゼファは苦しさに目を細めた。速くなる鼓動が悟られはしないかと危ぶみ、いっそ胸に秘めた恋心まで気づいて欲しいと願う。

「……わたしは、あなたを騙そうとしている」

後宮を抜け出す算段も、エドラントには見抜かれている気がした。

「ゼファ。こんなに心臓を鳴らしていては、人を騙すどころではない。……なにを恐れているんだ。おまえの目的は、身代わりを務めて、国へ戻ることだろう」

まるで未練なく言われ、ゼファは落胆する。しかし、ほかにどんな答えを望んでいたのかは、自分でもわからない。

ほんのわずかな期待があっただけだ。

「あなたには、たくさんのことを教えられたから……。黙って消えることは、したくありません。子どものようだと、自分でも思います。……でも」

「ゼファ」

エドラントの声に勢いを阻まれる。

「おまえは、私のことが好きか」

突然の問いに、ゼファの胸は締めつけられた。泣き出したい気持ちになりながら、前を見つめる。

「あなたを嫌いになれた人はいなかったでしょう。わたしも、そのひとりです」

空にあまた散りばめられた、星のひとつと同じだ。まぎれてしまえば区別はつかない。

「おまえが望むなら、『リルカシュ』を帰国させてやる。重臣たちは騒ぐだろうが、私の機嫌を損ねてまでは押し通すまい」

「それはありがたいのですが……」

「どうした」

「パヴェルから、あなたがいない隙を狙って逃亡すると言われました。あとのことは任せておけと。しかし、そんなものでしょうか。……おそらく、エアテリエもイルリ・ローネも、名目上は、リルカシュを後宮にとどめておきたいのではないかと考えたのですが……」

「実質の人質だからな」

「ならば、わたしを連れ出す理由はなんでしょうか……。エドラント。わたしは、国の駒に過ぎない。それだけなら、王子に生まれた宿命と受け入れもします。けれど、今度のことは……。おそらく、もっと矮小(わいしょう)な策略の駒にされているような気がする」

胸に回ったエドラントの手を握りしめて起き上がる。パヴェルから侮られていることを思い出し、ゼファは眉をひそめた。

「これは、わたしの、浅はかな思い込みでしょうか……。教えてください、エドラント。弟の……、アテームの本当の様子を、ご存じないですか」

身体をよじらせ、エドラントに向かって座り直す。

「うん……。芳しくはないな」

肘置きについた手でこめかみを支えたエドラントは、両足の間にゼファを座らせ、ゆったりと構えた。

「話を聞いた限りでは原因不明の病だが……、おそらくは、薬を盛られているんだろう。頻繁な代替わりは国が乱れる原因だ。しばらくは延命されると見ているが。……あとは、どのあたりの派閥が噛んでいるのか。その思惑の在(あ)り処(か)を探っているところだ」

「詳しいんですね」

感嘆の息をつくゼファの頬に、エドラントの手が伸びる。

「おまえのためだ」

竪琴の音が途切れていることに気づき、ゼファは楽士の姿を探そうとした。しかし、エドラントの手に引き戻される。

「ゼファ。……戦うつもりはあるか」

瞳をまっすぐに覗き込まれ、尻込みしそうになる。しかし、すぐに意味を理解した。くちびるを引き結び、エドラントを見つめ返す。

なにも言わずにいると、ふたたびエドラントが口を開く。

「素直なだけでは、国も、弟も、守ることはできない。もっと狡猾になれ。目的を忘れず、おまえ自身の欲望を手放すな」

エドラントの指が、胸にとんっと押し当たる。

「弟でも、国のためでもない。おまえ自身のために戦えるか」

「それは……」

言葉に詰まり、視線が揺れる。

「父への恨みを忘れるなという話ではないですね……」

うつむき、じっと考え込む。エドラントは、パヴェルが加担している企みについて、なにか情報を得ているのだ。そして、対抗する手立てもあるのだろう。あとは、当事者であるゼファ次第だ。

しかし、戦うと決意するだけの根拠がゼファにはなかった。

エアテリエの王宮に戻り、アテームを支えることが望みだ。そして、いつかは国の跡継ぎを産む。

それが、王族のオメガとして生まれたゼファの宿命に違いない。父に否定された存在意義を取り戻したい一心でもある。

「わたしは、アテームのために、跡継ぎを……」

言いかけて口ごもる。遠く、懐かしい叱責を思い出す。

オメガに生まれつき、オメガの宿命を覆そうとしたローマンの声と言葉だ。

愛を否定してつがいを拒み、いつも自分に厳しく、だれよりもゼファの未来を信じていた。

「どうした。ゼファ」

エドラントは静かに待っている。ゼファが選ぶ言葉を、彼はもう知っているのだ。

アルファとオメガとして出会ったが、エドラントはいつも、ゼファ自身を見つめようとしていた。だから、だれよりもゼファの本心を理解している。

「いざと、なれば……」

答えたゼファの声が震える。拳をギュッと握りしめ、エドラントを睨むように見た。

心臓が早鐘を打つ。けれど戸惑いは感じなかった。

一度は迫害された身だ。王宮には後ろ盾もおらず、厳しい戦いになることは見えている。

しかし、オメガとして子を生すだけでは意味がない。

アテームを傀儡と扱う一派に王座を明け渡すなど、どうしてできるだろうか。

「……いざとなれば、わたしが、王位を継ぎます」

はっきりと口にした言葉が、ゼファの胸に沁み渡る。

だいそれた宣言だ。しかし、不相応だとは思わない。

「よし……、それでいい」

エドラントが微笑み、髪をかきあげながら座り直す。

「ゼファ。おまえはエアテリエの第一王子だ。そのつもりで話をする。……いいな？」

ふたりの間に一線を引くように、確かめられる。ここから先はもう、王と寵姫ではない。ふたりの関係は終わってしまう。

「どうして、そんな顔をするんだ。側室で終わるつもりか？」

足を組んだエドラントが、背を屈めた格好でため息をつく。

「わたしは、あなたが嫌いではないんです」

うつむいたゼファの息も、長く尾を引く。

「きっと、あなた以上のアルファもいない。……ほかのオメガのように、たった一度の契りならよかった。だって、あんなに……」

「好きでないなら、一も百も同じことだ」

「あなたは冷たい」

ゼファはぴしゃりと言い返した。困惑を隠さないエドラントの前に手をつき、身を屈めながら顔を近づける。

エドラントがゼファを理解しているように、ゼファも彼を理解していた。

情をかければつらくなるからと、そっけなくするのがエドラントだ。だれの心も傷つけず、後宮入りしたオメガにも、甘い初体験の快感だけを与え、『道』を不完全なままで帰した。

優しい分だけ孤独で、それ以上に冷淡だ。

好きでないのなら、一も百も変わらない。つまり、何度抱き合っても、愛情がなければ意味を持たないということだ。

「確かに、愛されていなければ、そうでしょう。一の契りも百の契りも変わらない。エドラント……、忘れないでくださいね」

屋根のない月見台には、ランプがいくつか置かれている。薄暗いが、近づけばエドラントの瞳を覗くことができる。

ゼファはまつげを伏せた。自分からくちびるを押し当てる。

「あなたのすべてを受け入れたのは、わたしだけなのだから」

何度も身体を繋ぎ、そのたびに新鮮な快感を覚えた。愛がなければ、すべては意味を持たないだろう。しかし、愛があるのなら、そのすべてに意味が生まれる。

「忘れないで。エドラント」

それ以上を言わずに盗み見ると、エドラントは目を閉じていた。そうしていると、まるで寝顔のようだ。凜々しさを残しながら、隠しきれない孤独が滲む。

エドラントは身じろぎひとつしなかった。舌先を絡めることもなく、抱き寄せることもない。

星降る木立が風に揺れ、葉の触れ合う音がする。

エドラントが目を開けたら、ふたりは夢から覚める。彼の目に映るゼファは、リルカシュの身代わりではなくなるのだ。

得がたい日々はひとときに思い出せるようなものではない。だからゼファはなにも考えなかった。百ほども繰り返したい気持ちを抱え、もう一度だけ、エドラントにくちづけて離れた。

＊＊＊

星を眺めた夜を境に、エドラントが夜伽を望むことはなくなった。三日に一度、後宮へ渡ってきても、茶を飲みながら話をする以上のことはない。

ゼファはもう、偽りの寵姫ではなかった。エアテリエの第一王子として密かに認められ、ひ

とりの男として扱われる。

夜伽の代わりの茶飲み話の内容も、学びの時間ではなく作戦会議へと変わった。

これまでエドラントが語らなかったエアテリエの情勢と見解だ。国政のための基礎知識をすでに身につけていたゼファは、ほとんど質問せず話を聞くことができ、学ぶ大切さ以上にエドラントの導きが適切だったたと感じ入る。

どうして、ここまでしてくれるのかと問いかけて、口を閉ざしたことは一度や二度ではなかった。そのたびに、これがエドラントの想いなのだと受け止める。

ゼファのすべてを見つめ、行く末までを見定め、永遠に消えない知恵を刻んでいくのだ。

ふたりで話しながら、ゼファはときおり苦しくなった。

好きと嫌いで物事が動き、ずっと一緒にいたいと、どちらかが言えば叶う。そんなふたりであったならと、叶わないと知りながら小さな夢を見る。

しかし、表情にも出さなかった。

淡々とした口調で、イルリ・ローネとエアテリエが長らく抱えている問題について話し合う。

争点は、貿易税だ。ゼファの父が三国同盟を決裂させようとしたのも、この問題があるからだった。

そして、もうひとつの大きな話題は、アテームの容態についてだ。

すでにエドラントは、エアテリエの王宮に内偵を忍ばせている。

証拠を押さえる段階まで進んでいるが、最後まで気は抜けないとエドラントは語った。

「盛られているのは、おそらくヒート抑制薬だ。企んだ一派の中に、おまえの従兄弟のパヴェルがいる」

その言葉に、ゼファは茶の入ったカップを落としかけるほど驚いた。

「なぜ。ラズキン家はガバルシュビッツの傍流なのに」

「しかし、おまえにしても、違和感は持っているんだろう？」

「それは、確かに……」

パヴェルから持ちかけられた逃亡については、すでに打ち明けている。言葉や態度に見え隠れする侮りに気づいてしまってからは、心から信頼することが難しくなっていた。

ゼファに見せた書類も、安心させるための偽物に違いない。そんなものを信用すると思われているのだ。

「でも、エドラント。おかしくはないですか？　ガバルシュビッツの血統を途絶えさせたいのなら、わたしのことなど殺してしまえばいい」

「……それは、おまえが『上玉』だったからだ」

椅子の肘掛けにもたれたエドラントが目を細める。

「リルカシュとして送り込んだのも、『淫心の王』に道をつけさせるためだろう。……高く売れる」

「だれが、どんな目的で買うんです」

冗談だと思って笑うと、エドラントはにこりと微笑んだ。

「堅いことばかりを教えてしまったな……。『淫心の王』に道をつけられたオメガの身体は敏感になる。それは、次の男が抱いても同じだ。つまり、具合のいい妾になる」

理解の有無を視線で問われ、ゼファはほんのりと頬を赤らめた。

「そう、ですか……。自分ではまるでわかりませんが、そんなこともあるんですね」

「すでに、そうなってるはずだが……。そこは主題じゃないな」

「ええ……。つまり、パヴェルはわたしを売るつもりでいる……。そういうことですね。あなたは、相手にも心当たりが?」

「ある」

エドラントはまぶたを上下させて、うなずきに代えた。

「しかし、おまえには知らないままで誘いに乗ってもらいたい。相手は私のよく知っている男だ。からかってはくるだろうが、そこはうまくかわせるだろう」

「……わたしが、ですか」

ゼファは素直におののいた。そんなことができるとは思えない。

「自信がないのか。そんなようでは、エアテリエの王宮へ戻っても、要望のひとつも通せないぞ。色で籠絡しろと言ってるわけじゃない。私が到着するまで、時間を引き延ばすだけのことだ」

「来て、くれるんですか」

思わず声が弾んだ。エドラントを待つ間なら、こなせそうに思える。

「もちろんだ」

エドラントは笑って答え、薄暗い夜の部屋には似つかわしくない眩しげな顔をする。

「私を信じて、自分の身を守れるか」

問われたゼファは答えに迷った。これは遊びではない。

しかし、王子のやるべきはかりごとではないと突っぱねることもできなかった。すでにゼファは王道から外れている。母国へ戻り、窮地に陥った弟を助け支えていくためには、狡猾になる必要があるだろう。

自信を持って請け負えるものではなかったが、後宮で学んできたことの最終試験であるのなら、やり遂げなければならない。

少なくとも、エドラントの期待には応えたかった。

「あなたを信じて、どんなことでもやり遂げます」

ゼファの言葉に、エドラントはうっすらと微笑む。

「王子らしからぬ冒険だと思うかもしれないが、ゆくゆくはおまえのためになることだ。それを信じてくれ」

ゼファへ伸ばされようとしたエドラントの指先が宙で迷い、ついには触れずに引き戻された。

＊＊＊

十日後、エドラントは予定通りに王宮を留守にした。

その数日前にはパヴェルからの連絡が侍女にもたらされ、夜を待って計画は実行に移される。

ランプを手にして迎えに来た侍女は、いまにも倒れそうなほど青白い顔をしていた。

己の犯す罪の大きさに怯えながら、ゼファをひたと見据える。

「これは……、あなたさまのために、なりますよね……？」

せめてそうであって欲しいと願うくちびるが震えている。

「もちろんだ。協力に感謝する」

男装の乗馬服に身を包み、ゼファは軽くうなずいた。勇気づける言葉をかけてやりたかったがなにも言えない。無言のままで後宮を出た。

ひとつのランプが、闇夜の道行きを照らす。見上げた空には厚い雲がかかり、月の光は遮られている。

「いままで、どうもありがとう」

城の裏口にたどり着き、ゼファは改めて侍女の顔を見た。ふくよかな頬には緊張の笑みが浮かび、別れの涙が滲む。

侍女はもう声を出さなかった。黙って顔を伏せる。

背を向けたゼファは裏口の扉を開けた。向こうでパヴェルが待っているはずだ。

外へ出る瞬間、闇の中にまぎれて楽士の姿が見えた。黒いローブが不気味に揺らめき、これからゼファの身に起こる悪いことの予兆であるように思えた。そう感じる心がすでに臆しているのだと思い直し、心を奮い立たせる。ゼファは、扉から城の外へ出た。

扉を閉めて闇に目を凝らすと、小さな明かりがくるくると回った。雲に隠れていても、月はほのかに光を放つ。パヴェルが見え、ゼファは早足に近づいた。

隠すように繋がれた馬に同乗し、一気に城から離れる。パヴェルの腰に掴まったゼファは、またいつもの草の匂いを嗅いだ。

森を抜けているせいかと思ったが、木々の匂いではない。あきらかに異質な、ぴりっとした薬草のような匂いだ。確かにパヴェルの身体から感じられる。

ゼファは、この匂いをどこで嗅いだのか、今夜、このときこそは思い出そうとした。記憶の片隅に引っかかっている。もう少しというところで、パヴェルが言った。

「この先をずっと行けば、ミスカギートとの国境だ。そこにある邸宅を借りてある。しばらく身を潜めることになるだろう」

「しばらくって、どれぐらい？」

ゼファは、なにも知らないふりで答えた。パヴェルは馬を走らせながら声を張りあげる。

「数日のことだ。すぐにアテームと会える……ッ」

月の淡い光だけが頼りの山道だ。聞く者はどこにもいない。

ここで殺されても不思議はないのだと、ゼファの心は冷える。しかし、心配は無用だった。

エドラント曰く、黒幕に使役されているパヴェルにとって、ゼファは『商品』だ。傷ひとつつけずに届けられると断言された。

ミスカギートの国境近くに宿を取ることも知っており、ゼファの想像以上に手はずは整っている。詳細を聞けば緊張が途切れるから言わないのだとゼファの素直さを笑ったエドラントは、黒幕に対する最後のひと押しを得るのだと言って見舞いへ出かけた。

すべてが終われば、さまざまな謎についても話してくれるだろう。しかし、本当に、そんな時間が持てるだろうか。持っていいのだろうかと、ゼファは悩んだ。

別れのときを引き延ばせば、さらに離れがたくなるだろう。

どれほど覚悟を重ねても、自分のために生きると決めても、エドラントを失うことはつらく悲しかった。快感を失うことが惜しいわけではない。ふたりで過ごした日々の、かけがえのなさが身に沁みて、寂しさが募る。

くだらないことで笑いもしたし、気づくといつもくちびるを重ねていた。

触れて眠るときの安らぎも、忘れることができない記憶だ。きっと、エドラントも同じだろう。それが信じられるから、ゼファはいっそう悲しい。

しかし、いまはもう、考えないようにする。

エアテリエでは、エドラントの内偵が動き、王族や貴族の中から心ある人物を探し出している。ゼファを受け入れるための準備が進んでいた。

馬はやがて国境にたどり着く。馬車の通れない狭い道に検問所はなく、パヴェルが借り受けたという貴族の別邸まではあっという間だった。

折り重なった丘の上にあり、門から長い道が続く。かなりの広大な土地だ。左右に植えられた並木の向こうには芝が広がっている。昼間に見れば、さぞかし青々としているに違いない。

パヴェルに促され、邸宅の前に立ったゼファは緊張した。

あごを引き、背筋を伸ばす。みっともない真似だけはするまいと決意して、中から開かれた扉へ近づく。パヴェルに続くと、使用人が扉を閉める。

そして、吹き抜けの広間の奥から男が出てきた。

ゼファは思わず後ずさる。その背中をパヴェルに押し出された。

「よく来たな」

男の低い声はよく通る。それがだれであるのか、ひと目でわかった。

野性的な雰囲気と自信に満ち溢れた傲慢な態度。今夜は白いシャツにガウンを羽織っているが、舞踏会の夜は軍服正装に身を包んでいた。

ミスカギートの王・ジャバルに間違いない。

とっさにパヴェルを振り返り、腕を掴もうとするのを拒む。

「察しがいいじゃないか。ゼファ」

見据えてくる眼差しに悪辣さが滲み、くちびるの端が引き上がる。いよいよ正体を現し、パヴェルはジャバルへと向き直った。

「遅くなりまして申し訳ありません」

恭しく膝を曲げる。

「お約束通りに連れて参りました。どうぞご存分にお使いください」

「用意をさせて、寝室に連れてこい」

ゼファへと遠慮ない一瞥を投げ、ジャバルは尊大な態度で背を向けた。悠然と歩み去る後ろ姿が見えなくなると、パヴェルは冷たい目をして笑い出す。

「そう驚くことでもないだろう。イルリ・ローネの後宮も、ここも違いはない。おまえは黙って王の慰みものになるだけだ」

「……どういうことだ」

ゼファは注意深く問いかけた。エドラントの加勢を待っていると、悟られてはいけない。

「世間知らずなんだよ、おまえは」

腕を掴まれ、広間脇の階段へと連れていかれる。ゼファは抵抗を試みた。

しかし、どこからともなく現れた男性使用人二名に拘束される。上階の部屋に押し込められ、今度は侍女が群がってきた。

服を脱がされそうになり、身をよじる。パヴェルの姿はなかった。

こんなことを、エドラントは想像したのだろうか。

自分を見据えたジャバルの眼差しを思い出し、ゼファは大きくかぶりを振る。あからさまなほどに性的だった。欲望に駆られたアルファの恐ろしさに身体が震え、足がすくむ。

必ず迎えに行くと言われたが、他の男に辱められて待っていろとは言われなかった。当たり前だ。そんなことは頼まれても受け入れられない。

リルカシュの身代わりになったときとは違うのだ。

逃げ道を探そうと決め、服を脱がそうとする侍女を押しのけた。悲鳴があがり、ゼファは驚く。それほど強い力で押しのけたつもりはない。

振り向いてすぐに理解した。目の前に、上背のある逞しい男が立っていたからだ。

相手を見据えたゼファは息を呑んだ。

ジャバルを見たときの何倍も驚き、開いた口が塞がらなくなる。

鍛えあげた身体も、不機嫌そうな眉も、幾度となく思い出した姿そのままだ。

「おまえたちはもういい。わたしが連れていく」

声を聞いて確信した。目の間にいるのは、ゼファを見捨てて消えたローマンだ。それを証拠に、侍女がみんな出ていくのを待ち、くちびるの前に指先を立てた。

しばらく、ふたりは押し黙る。やがて、ローマンがその場へ崩れ落ちるように膝をついた。

「お許しください……」

床に額をこすりつけながら絞り出された声は震えていた。

「ローマン……。ローマンなんだな」

ゼファの声も震え、その場に片膝をついて手を伸ばす。がっしりとした頬を包んで顔を上げさせた。女らしさが微塵もない顔立ちをくまなく確かめる。

「どこにいた」

次に出会ったら罵(ののし)ってやるのだと決めていたのは過去のことだ。顔を見れば、ローマンの裏切りはいっそう信じがたい。ならば、必ず理由があるはずだ。

「……怒って、おられないのですか」

「どこにいたんだ。なぜ、ここに」

「裏切りだとお思いになったでしょう。しかし、違います。あなたが館を出れば、母君の形見の宝石が盗られてしまう。なんとしても、と……」

「場所を移しておくつもりだったのか」

「……館へ戻る途中で拘束され、気がついたときにはミスカギートにいました」

ゼファをイルリ・ローネに送りたかったパヴェルの策に落ちたのだろう。

「よく無事だった。怪我はないのか」

ゼファが肩を掴むと、ローマンはくちびるを噛んでうつむいた。

「足を折られましたが、女だとは気づかれなかったようで」

「……よかったと言うべきか」

「日頃の鍛錬が功を奏しました。足はもうすっかり元の通りです。……そうしている間に、エドラント公が捜し出してくださり……」

「どういうことだ。なのに、ここにいるのか……」

エドラントが捜し出したのなら、イルリ・ローネ側で保護されるのが妥当だ。ここはミスカギート領で、しかもジャバル王が滞在している。

キリキリと眉を引き絞ったゼファは首を傾げた。考えが一本の道筋を描く。

「ご明察で、ございます」

ローマンの声を聞き、ゼファはすくりと立ち上がる。

「湯を使う。髪を洗ってくれ」

「承知いたしました。こちらでございます」

主従は、視線を交わすだけですべてを悟った。案内された浴室へ入ると、楕円形の浴槽の中には湯が用意されていた。

服を脱いだゼファは、黙って身を浸した。ひとつに結んだ髪がほどかれる。

「あのふたりも繋がっているんだな」

うつむいた頭部に湯がかかり、ゼファはつぶやいた。

エドラントとジャバルのことだ。ローランを見つけ出したエドラントは、身柄をジャバルに預けたのだ。イルリ・ローネの国内やゼファのいる後宮では都合が悪かったのだろう。

ゼファの髪を洗いながら、ローマンが小声で話を始めた。

「おふたりは昔からのご友人です。ジャバル公が舞踏会で目をつけ、パヴェルに交渉を持ちかける。そういう段取りで……。あの方もこちらに向かわれていますから、ご心配なく」

「おまえはすべて知っているのだな。わたしは、知らずにいろと言われた」

「妥当かと」

ローマンはやはり辛辣だ。懐かしさを覚えたゼファは、口惜しさも忘れて肩を揺らした。

「あの男も、人が悪いな」

「あなたのことを考えての策でしょう」

「世間知らずだからか？　おまえに罵られたことは忘れがたいな」

「申し訳ありません」

言葉こそ謝っているが、声にも口調にも反省の色はない。ローマンらしい態度だ。

ゼファは言った。

「……その通りだと思うから覚えているんだ。しかし、後宮で少しは利口になった」

「さようですか。それは、なにより。……すべての元凶はパヴェルです。今夜、あきらかになるでしょう」

その証拠を得てくるのはエドラントだ。

「ここから先は、わたしがお守りします」

ローマンに言われ、ゼファは小さく笑い声をこぼした。

「……ジャバルから？　あの男の目は演技じゃない。完全に欲情していた」

「そこが、あなたの弱点ですよ。狡猾にならねばいけません。弱気にならぬよう、心を引き締めてください」

「守ってくれるんじゃないのか」

浴槽を出ると、ローマンが素早く身体の水けを拭き取っていく。髪に布を巻かれ、真新しい長着が用意される。

「レースだな……」

両手で持ったゼファはしみじみと口にする。布地があるようでないデザインだ。身体の線もなにもかも見えてしまう。ジャバルは本当に、エドラントの友人なのだろうかと、ゼファは不安に駆られた。

「ガウンをご用意します」

ローマンから冷静な対応策を提示され、仕方なくレース地の長着を身にまとった。肩にガウンをかけられ、袖を通す。

「ジャバルは、これを脱げと言うだろうな」

「……ええ」

顔を歪めたローマンが低い声でうなずく。

「脱げばいいのか」

ゼファは苛立ちを隠せない。背後に回って髪を乾かすローマンは黙った。

いざとなれば王位を継ぐ覚悟だとエドラントに宣言したが、こんなにも早く、ミスカギートの王と対峙することになるとは想定外だ。

しかし、エドラントの考えであるなら、避けては通れない。強いアルファ性のジャバルを前にして、自らが道をつけたオメガの理性を試している可能性もある。もしくは、エドラントとジャバルによって、ゼファの資質や実力が試されているのか。ミスカギートの向こうには統一と分離を繰り返す大小さまざまな国があり、争いの火種には事欠かない。地政学的に見ても、エアテリエ、イルリ・ローネ、ミスカギートの三国は、強固な同盟を結ぶことが最善だ。

前王の裏切りが露呈したエアテリエは、ミスカギートの厳しい目に晒されている。そもそも、リルカシュの後宮入りは、イルリ・ローネに両国の取り持ちを頼む代償だ。

エドラントとジャバルが否と断じれば、エアテリエは存続すら危うい。

ひどく重たいものを背負わされたことに気づき、ゼファの表情も自然と暗くなる。

ローマンがなにか言おうと髪から手を離したとき、準備が終わったのを見計らった侍女たちが戻ってきた。

「そろそろ、よろしいかと」

ゼファに向かい、もう抵抗はしてくれるなと言いたげに、恭しく頭を下げる。

仕方がなく立ち上がり、浴室を出た。そこで待ち構えているのはパヴェルだ。気づいたローマンが身を引いて隠れる。浴室の扉は音もなく閉じた。

「すっかりオメガの匂いをさせるようになったな」

自分が連れていくからと声をかけ、侍女たちを下がらせたパヴェルの手には、鞘に入った刀剣が握られていた。

「エアテリエは昔から、アルファ性の弱い国だ。ろくなアルファがいないと、オメガは苦労をさせられる。つがいを探すにも、生きるにも……」

肩で揃えた髪を揺らし、パヴェルは偉そうに胸をそらした。

「王宮を追われたきみに、せめてもの慰めをと思って、イルリ・ローネへやったんだ。べつに、ぼくはあの幼女でもかまわなかったよ。どうせ使い捨ての人質だ」

「パヴェル……」

「いい思いをしただろう。しかし、『淫心の王』に道をつけられて幸せになったオメガはいない。みんな、だれとつがいになっても満足できないからだ。身体ばかりか、心まで作り替えられて……。おまえも同じだ。快感に溺れて淫乱に堕(お)ちるのが宿命(さだめ)だ」

淡々と語ったパヴェルは、蔑みと憐れみの入り混じった眼差しでゼファを見た。

部屋の中は静かだ。ふたりが黙ると、剣呑(けんのん)な空気が立ち込める。

向かい合ったゼファは、身代わりとなってからの生活を思い起こした。初めて抱かれた日の衝撃はすでに遠く、記憶は多くの思い出の中だ。

たいして長い期間でもないのに、まるで何年も過ごしたような気がする。

イルリ・ローネの夏は美しく、ゼファの生きてきた中で一番の季節になった。なによりも、そこにエドラントがいたからだ。彼に導かれ、教えられ、身も心も預けて従った。

差し出されるままに受け取ったものは、ゼファの心に沁み渡り、だれにも依らず、ただひとりで立っていける強さに変わっている。

だから、なにを言われても平気だった。嘲りも侮りも苦にはならない。

「確かに、快感は知っている」

ゼファは背筋を伸ばして答えた。

「彼に抱かれたオメガが幸せになれないのは、自分自身を見ようとしないからだ。オメガの価値は、アルファで決まるわけじゃない」

脳裏に浮かぶエドラントは、遠くを見つめる硬い表情だ。

肉体の快楽なしではいられず、しかし求めれば相手の心身を壊してしまう。強いアルファは、オメガの依存を強制する。ゆえに、エドラントは与えるばかりで満たされることがなかったのだ。

そんなエドラントを想い、ゼファはまつげを伏せた。パヴェルが近づいてくる。

「イルリ・ローネの王に、やすやすとつがいを与えるつもりはない。これは政治材料だ。もしもきみがつがいにされていたら、身ごもる前に殺さなければならなかった」

「……それは」

アテームを害したようにか、と言いかけて、くちびるを閉じた。また薬草の匂いを感じ、ふいに、喧噪(けんそう)の記憶がよぎった。

夏祭りの人波を思い出す。

にぎやかに行き交う人々の中から、その匂いは細くたなびいていた。

オメガが服用する、ヒートの抑制薬だ。独特の薬草臭はアルファかオメガにしか嗅ぎ取れず、中毒性の高さから、めったなことでは使用されない。そしてアルファには毒になる。

アテームが盛られている薬も、まさにそれだ。

「イルリ・ローネの王国議会は、わたしが身代わりだと知っているんだな」

ゼファはゆっくりと口にした。パヴェルの表情のわずかな変化さえ見逃さないように、注意深く見つめる。

抑制薬の匂いは香油にまぎれ、わずかに漂う。

ゼファが匂いに気づいているとも知らず、パヴェルは鼻で笑う。

「どこから漏れたものか……。しかし、きみには関係のないことだ。『リルカシュ』を名乗った愛妾は今夜、後宮から逃げ出した。山道で死んだことにでもなるだろう。……そしてきみは、ジャバル公の慰みものになる。光栄じゃないか。忘れられた王子が、ふたりの王の淫心に触れるんだ。……これでエアテリエは安泰だ」

パヴェルの目が薄汚い欲望でぎらりと光り、ゼファは正面切って問いかけた。

「わたしと引き換えに、だれが利益を得る。アテームを傀儡にして、次の王座を狙っているのは……」

問いかけの途中で、ゼファは顔を歪めた。パヴェルと結託している相手はアルファだろう。オメガが言いなりになってしまうなら、ベータではない。強烈な快感と、愛情を騙った支配。もしかすると、パヴェルはすでにつがいとなっているのかもしれない。

「残念だな。きみが、それを知ることはないだろう」

パヴェルは物憂さを装った表情で暗く笑う。

「今夜、ジャバル公をたらし込むことができれば、ミスカギートの後宮で聞くこともあるかもしれないが……」

寝台の上で行われるさまざまな行為を想像したのだろう。パヴェルは淫雑な表情で肩をすくめる。

ゼファは、胸の奥で痛みを覚えた。パヴェルは、ゼファが辱められると思い込んでいる。彼の知っている快楽も、そんな屈辱の果てのものなのかと想像した。

わずかな憐れみも感じながら、長い髪を肩から払う。丹念に櫛の入った髪は、絹糸のようにさらさらと流れた。

「ならば、そうしよう」

ゼファは微笑みを見せ、肩をそびやかして言った。

「寝室へ案内してくれ」

「これは……」

あきれたと言いたげにパヴェルの頬が引きつる。しかし、自信に満ちたゼファの勢いに呑まれ、続く言葉はついに出てこなかった。


パヴェルに案内されて、邸宅の主寝室へ向かう。高地のひんやりとした空気に満たされた廊下は、静まり返っていた。

「強がっていられるのも、いまのうちだけだ」

扉を叩いたパヴェルは、これ見よがしに顔を歪める。内側から扉が開き、侍女が出てくる。

代わりに、ゼファが押し込まれた。

「せいぜい、かわいがられてくるがいい。箔がついて、高く売れる」

捨て台詞だと聞き流すには、パヴェルの薄笑いに真実味がありすぎた。ジャバルに差し出したあと、ゼファを淫売として金に換えるつもりでいるのかもしれない。

しかし、臆するべきは事後のことではなかった。現在置かれている状況が重要だ。

パヴェルには強気な態度を見せたが、ジャバルとの対面には緊張が伴う。エドラントとの間に友人関係があるとしても、相手の行動は予想ができない。

裏切らないと信じられるものでもなかった。

「ここへ来い」

威圧的な声に呼ばれ、ゼファは振り向く。

ガウン姿のジャバルは暖炉の前の大きな長椅子でくつろいでいた。季節柄、暖炉に火は入っていない。

長椅子の向こうにもまだ空間があり、大きな長卓と椅子が置かれている。

ゼファは言われるままに近づいた。

窓にかかった吊り布はしっかりと引かれ、いくつかのランプが部屋の中央を明るくしている。

暖炉の向こうに扉が見えた。寝室はその先にあるのだろう。

「抵抗しなかったのか。騒動が起こると思っていたが……」

ゼファのガウンに目をやったジャバルが不審げに首を傾げた。長椅子の背に肘を預けた姿は、有無を言わせない威厳があり、ゼファの不安を煽る。

「あれを身につけたか？　見せてみろ」

からかうように言われ、ゼファは暖炉のそばに片膝をついた。ガウンの裾はしっかりと押さえている。

「ローマンが大変お世話になりまして……。感謝致します」

「ローマン？　あぁ、あの男か。なかなか腕っぷしが強くて、いい」

笑顔を見せたジャバルに対して、ローマンの性別を正すことはしなかった。どちらでもいいことだ。

「それにしても、エドラントだ。王位に即いてもまだ軽々しい頼み事をしてくる。イルリ・ローネと違って、ミスカギートは忙しいというのに。……わかるか？」

「お察し致します」

「そんな隅におらず、こっちへ来い」

指で呼ばれたが、ゼファは立ち上がらなかった。

「いえ、わたしはここでけっこうです」

「では、こちらから」

そう言われ、パッと視線を向ける。仕方なく立ち上がり、暖炉の前へ進み出る。さらに手招きされて、手が届かないギリギリで立ち止まった。

しかし、ジャバルもそれぐらいのことは予想している。軽やかに立ち上がると、あっという間にゼファを引き寄せた。椅子に戻ったジャバルの膝に座らされる。

ゼファは無理に抵抗せず、ガウンの胸元と裾を押さえた。

「放してください」

「……覚悟を決めてきたのだろう」

野性的な容貌に見据えられ、視線がそらせなくなる。逃げるようなことをすれば、弱みを見せたも同然だ。そうなれば、愛撫のひとつぐらいは受ける羽目になるだろう。

ゼファは、ジャバルを見つめたまま答えた。

「覚悟ではありません……。ローマンを信じたまでです」

「なるほど。腹心の助言に従ったのか」

ジャバルの手が当然のようにゼファのあご先を掴む。ぐいっと顔が近づいてきて、思わず息を呑んだ。むせ返るようなアルファの存在感に、ゼファの心が乱れる。

逆らいがたく、怯えが芽生えてしまう。

「……あなたのことも、信じています」

ガウンの裾から手を離し、ジャバルの頬を撫でた。そのまま首へとなぞり下ろす。親指がちょうど、喉仏の上で止まる。気づいたジャバルは、楽しげな笑みを見せた。

「なぜ、私を信じる」

「彼が、ローマンを預けたからです」

エドラントは、いままでのゼファの暮らしを調べたのだろう。そして、ローマンに行き着いた。見つけ出したあとは、後宮でも領地のどこかでもなく、ジャバルへ預けたのだ。

だから、エドラントとジャバルの間にある信頼は本物と見て間違いない。

「きれいな顔のわりに、芯が強いな。……ますます好みだ」

ジャバルが話すと、大きくしっかりとした喉仏が震えた。そこを強く押せば、膝の上から逃げ出すことぐらいはできる。

ゼファに急所を晒したまま、ジャバルは悠然と目を細めた。彼は、ゼファとエドラントよりも十数年、年上だ。しかし、年齢の差を感じさせないほど精力的な瞳をしている。

「どうだ。ミスカギートの後宮へ来ては……。おまえのようにきれいなオメガが、好きに暮らしているぞ」

「……どうぞ、お気遣いなく。わたしのような『人間』は、ひとりきりです。似ている者などおりません」

はっきりと言って、ジャバルの膝からおりる。隣へ腰掛けると、まだあきらめていない腕が肩へ回った。

「そうとわかっていて、エドラントの元を去るつもりか」

ジャバルの問いに、ゼファはくちびるを引き結んだ。肩に回った手を振り払うことを忘れ、相手を見る。

「エアテリエのためです。わたしは、第一王子ですから」

「弟が王位に即いただろう」

「支えになってやらねばなりません」

「補佐役が務められるのか?」

からかうような口調で言われ、ゼファはくちびるの端に笑みを浮かべた。

「やるしかないのですから、務めてみせます。あなたのお力添えもいただければ、国を乱さずにいられるでしょう」

「その代償に、なにをくれる……」

ふたたび、あご先を掴まれ、ゼファは首を振った。しかし、逃れることは許されず、胸に抱き寄せられる。押し返そうとしたとき、長椅子の向こうに立てかけられた刀剣に気づいた。

「ここで少しぐらい戯れてもいいだろう。あの男が夢中になったオメガだ。味見がしたい」

本気に聞こえる声で言われ、ゼファはきつく相手を睨んだ。

「また殴りますよ」

「二度目はない」

そう言って近づいてくるジャバルのあごを、両手で押し返す。

もう少しで長椅子に押し倒されてしまうというところで、扉を叩く音がした。舌打ちを響かせたジャバルが応えると、扉が開き、エドラントが現れる。

待ち望んでいた姿を目にしたゼファは、大きく息を吐いた。

しかし、エドラントは不機嫌に眉根を引き絞ったままだ。ジャバルを睨みつけている。

「ずいぶんと必死な顔をするじゃないか」

耳元で声がして、ゼファは慌てた。エドラントが現れたことが嬉しくて、肩を抱かれている状況を忘れていたのだ。

「嫌がられているのに気づかないとは、中年の男は恐ろしいな」

ジャバルに向かって言い捨て、エドラントは扉を押さえたまま中へ入ってくる。続いたのはローマンだ。両腕になにか丸いものを抱えている。目を凝らしたゼファは驚いた。

ローマンが抱えていたのは髪の生えた人間の頭だ。まさかと思ったが、身体はちゃんとついていた。男が床に投げ捨てられる。

長い髪が顔を覆った。ローマンが腕を掴んで引き起こす。

「パヴェル……」

ジャバルの手を払いのけたゼファは、前のめりに息を呑む。

ローマンが扉を閉め、その場に立ちはだかる。代わって前へ出たエドラントが腰に佩いた細い刀剣を引き抜いた。先端をきらめかせ、両手を床についたパヴェルの肩へ、背後からそっと置く。

恐怖に怯えたパヴェルの顔から色が消え、くちびるはわなわなと震え出した。

「ここに親書がある」

ゼファの後ろに片足を上げて座るジャバルが言った。ガウンのポケットから折り畳まれた紙を取り出す。

「エアテリエの国王・アテーム公からのものだ」

横から差し出され、ゼファは視線を落とした。

「ミスカギートとイルリ・ローネの国王が立ち会いの元で、その男が犯した罪の真偽を問うてくれと書いてある」

中身は確かだ。公文書ではないが、サインに加え、押印がされている。パヴェルから見せられた、ゼファの地位を証明する書類にはなかったものだ。

「本来なら、どちらかの王宮もしくは離宮で行うのが正式だ。しかし、こんなことは公にしないに限る」

ジャバルの声が威厳を持って響く。

「パヴェル・ラズキン。アテーム新王に薬を盛ったのはおまえだな。そんな薄汚い抑制薬の匂いをさせて、よくもアルファの前に出られたものだ」

「なんのことやら、まったくわかりません」

床に両手をついたパヴェルは顔を伏せた。肩が震えている。

「おまえの飲んでいる抑制薬は中毒性が高い。そのまま飲み続ければ廃人になるぞ」

「私はオメガではない。そんなものは知りません」

パヴェルは激しく首を振った。

「確かに、そこにいるゼファを、イルリ・ローネの後宮から誘い出しました。しかし、ゼファも望んだことです」

思わぬことを言われ、ゼファは目を見開いて立ち上がった。

「なにを……」

「そうじゃないか」

うつむいたままでパヴェルは言った。

「誘いに乗ったのは、おまえだ。エドラント公だけでは飽き足らず、別のアルファも試してみたいと言っただろう」

「言っていない！」

叫んだゼファは拳を握りしめた。浅く息を吸い込んで、気持ちを落ち着ける。

こんなことを言い争っても意味がない。

「パヴェル。……従兄弟としては残念に思う。しかし、もう、あきらめろ」

「なにを、言うんだ」

パヴェルは笑っていた。肩を揺らしたかと思うと、髪を振り乱して声をあげる。

「知らない、ぼくは知らない！　すべてはゼファが仕組んだことだ。アテームを殺して成り上がろうとしたのは、この男だ」

叫び声とともに指を突きつけられ、ゼファはたじろいだ。

恥ずかしげもなく罪をなすりつけるパヴェルの愚かさが恐ろしい。エドラントとジャバルを前にして、そんな言い逃れが通じるはずがない。

しかし、追い込まれたパヴェルにはそれを理解する余裕すらないのだ。

「やめろ、パヴェル。ラズキンの家名に泥を塗ることになるぞ！」

「冤罪(えんざい)だ！　これは冤罪だ！　エジェニーを呼んでくれ！」

エドラントの差し向けた刃からスッと逃れ、パヴェルは平伏しながら叫んだ。

「エジェニー・ルータイだ！　彼なら、ぼくの無実を証明できる」

「アテーム公の後見人の息子だな」

長椅子に座ったままのジャバルがゼファの手を引く。隣に座るように促されたが、ゼファは拒んだ。あとずさり、長椅子の脇に立つ。

「では、その御仁も呼ぶこととしよう」

エドラントが言い、ローマンがサッと動く。蒼白になったパヴェルは勢いよく振り向いた。

扉が開かれ、男が招き入れられる。アテームの後見人であるドレイム・ルータイの息子エジェニーが現れた。

舞踏会で陽気に振る舞っていた姿が嘘のように暗い表情で入ってくると、床に平伏するパヴェルを見つけ、冷酷な瞳を向けた。

しかし、パヴェルは、少しも気にならない様子だ。すがりつくような気配が背中にも溢れ、心酔ぶりが見て取れる。

ため息をついたエジェニーは、ふたりの王に対して敬意を払い、片手を胸に当てた。その場に片膝をつく。

長椅子にもたれたジャバルが声をかけた。

「エジェニー・ルータイ。舞踏会以来だな」

「はい。それはそうと、なんのご用件でしょう。ずいぶんと手荒なご招待でしたが」

抜け目のない笑みを浮かべたエジェニーに対して、ゼファは嫌悪を覚えた。半歩下がると、長椅子に立てかけられた刀剣が足に当たる。

視線を向けようとしたところで、エドラントの動く気配を感じた。

暖炉のそばへ移動しながら、エジェニーに語りかける。

「その男には、アテーム公暗殺未遂の容疑がかかっている。事によっては、ここで処分する。……冤罪か?」

「もはや言い逃れはできないのでしょう」

エジェニーは静かに答えた。

「わたしはなにも知りませんが、その男が抑制薬中毒であることは、間違いがない。こんな匂いを撒き散らすなど……。どうぞ、処分を」

「エジェニー……」

悲痛な声を引きつらせたパヴェルの両目から、大粒の涙がボロボロとこぼれ出す。おそらく、オメガのパヴェルは、ヒートの真っ最中なのだろう。

だから、香油を使っても匂いを隠せないのだ。

ゼファはたまらずに口を挟んだ。

「彼を中毒にしたのは、おまえだろう」

証拠があるわけではない。しかし、パヴェルはエジェニーを頼りにしている。心と身体のすべてを傾けているのが、ゼファにはわかってしまう。

「なにを……」

エジェニーは首を振った。

「言い寄ってきたときにはもう、このありさまでしたよ。エアテリエで、奥に隠れていないオメガなんて、ろくなものではない」

「そんな！」

叫んだのはパヴェルだ。髪がバサバサと音を立てる。

「好きだと言ったじゃないか！　王位に即けば、ぼくを王妃にすると、そう言った！」

「無理だな」

冷徹に答えたのはジャバルだ。パヴェルは頬を引きつらせて、ゆっくりと振り向く。

ゼファは続きの言葉を止めたかった。なにを言うのかは知らないが、パヴェルにとっては最悪で最低な事実に違いない。

しかし、ジャバルは容赦がなく、躊躇しなかった。

「エジェニーのつがいは、イルリ・ローネにいる。子どもは三人だ」

真実を突きつけられたパヴェルが愕然と目を見張る。くちびるがパクパクと動き、絶望した瞳から光が消えていく。

「相違ないな、エジェニー……。おまえはイルリ・ローネで抑制薬を調達して、エアテリエへ持ち込んだ。調べはついているのだから、洗いざらい話しておけ。自分だけでなく、幼い子どもまでもが、罪を負うことになるぞ」

「それは……っ。違うのです」

エジェニーが両手を床についた。すがるようにジャバルを見る。

「あ、あれは、強壮剤で……、けして、そんな、……違うのです……っ」

「愚かだな」

暖炉にもたれかかったエドラントが息を吐くように言った。視線が、ゼファへ向く。

「薬の効能は調べれば、すぐにわかる。エアテリエは小さな国だ。治めるのが己でも事足りると思ったか。しかし、これは、れっきとした反逆だ」

エドラントが言い終わらないうちに、エジェニーが悲鳴をあげた。茫然自失としていたはずのパヴェルが、突如として襲いかかったのだ。

獣のように唸りながら、彼の顔に爪を立てる。完全な錯乱状態だった。抵抗するエジェニーの悲鳴が部屋にこだまする。

ゼファはとっさに動いた。もう我慢がならなかった。

同じオメガとして、エジェニーの行為に憤りを覚え、パヴェルの愚かさにも悲しみが溢れる。そして、なによりも、アテームに毒薬を盛り、母国エアテリエを愚弄した二人の反逆を捨て置けない。

長椅子に立てかけられた刀剣を掴んで走り寄る。腰を低くして、鞘からは抜かずに振った。パヴェルがもんどり打って転げ、すかさず取り押さえたローマンが声を発する。

すると扉が開き、わらわらと男たちが飛び込んでくる。ジャバルの親衛隊たちだろう。

顔を掻きむしられたエジェニーがひぃひぃと悲鳴をあげ、パヴェルは意味のわからないことを泣き叫ぶ。

「早く連れていってくれ」

ゼファはローマンに命じる。エジェニーとパヴェルが騒ぎながら引きずり出されていくのを聞き、膝をついたまま、ギュッと目を閉じた。浅く息を吸い込み、エドラントとジャバルに向かって姿勢を正した。片膝をつき、背を屈める。

「お目汚しのご無礼、お許しください。すべては、わたしの父が行った悪政ゆえです」

オメガを迫害し、人口の比率を歪めた報いだ。

「顔を上げるといい」

ジャバルが言い、近づいてきたエドラントに腕を掴まれた。

「よく動けたな」

「とっさのことで……」

答えたゼファは、エドラントを見上げた。

「膝が震えて、立てません」

素直に口にすると、ジャバルの笑い声が響いた。ゼファは、エドラントに抱えられて立つ。

視界の端にひらひらと揺れる紙が見え、長椅子の背に悠々ともたれたジャバルへ視線を向けた。

ジャバルが振っているのは、薄青い紙だ。さきほど見た、アテームの書類とは違っている。

「この書類は、アテーム公の後見人、つまりエジェニーの父親が用意したものだ。彼はこの一件に関わっていないと、調べがついている。今後、エアテリエの王宮内での捜査は、彼が指揮を執る。それほど大事にはなるまい」

ドレイムの真面目さはエドラントも認めるところだ。ならばゼファが疑う余地もない。

実の息子であっても、国のためであれば反逆罪で裁くだろう。

しかし、いまのエアテリエにとって王室の醜聞は痛手だ。前王の失策により国民の不満が募っている上に、急ぎ玉座に即いたアテームは病ゆえに表に出られず、存在感すらない。

このまま王室が国民の支持を失えば、農地放棄にも繋がりかねない。だから、ドレイムはこの場で息子の罪が暴かれることを望んだに違いない。一番の問題の解決を同盟国に委ねることで、信頼を見せたのだ。

「アテームの、本当の容態は」

ゼファはエドラントを見上げた。なによりも、それが気にかかる。

「後遺症は残るだろうが命を落とすことはない。おまえに会いたがっていた」

まるで会ってきたかのように言われ、ゼファは、事実、会ってきたのだと気づいた。見舞い相手はアテームだったのだ。

「……用事というのは」

思わず声が上擦る。

「見舞いだと言っておいたはずだ。行き先は、想像通り、エアテリエだ。私がこの目で確かめなければ、おまえは安心できないだろう」

エドラントの微笑みに、ゼファの全身から力が抜ける。けれど、崩れ落ちることはなかった。しっかりと抱かれ、逞しい胸に指をすがらせる。安堵したゼファは大きく深呼吸をした。

「見せつけないでくれないか」

不満げな声が聞こえ、あきれ顔でため息をつかれる。

「イルリ・ローネとエアテリエの平和は、大陸からの矢面に立っているミスカギートの犠牲あってのことだと、くれぐれも忘れないでくれ」

渋い顔で言われ、ゼファとエドラントは顔を見合わせた。いますぐにくちづけたいのをこらえてジャバルを振り向く。

若いふたりは、しっかりとうなずいた。


高地の夜は空気が冴え渡り、馬上は寒いほどだ。

事後処理のために騒がしくなった邸宅から連れ出され、ゼファはエドラントがまたがる馬へと押し上げられた。ローランから着せられたコートの腰紐がしっかり結ばれていることを確かめ、横乗りでエドラントの背中へしがみつく。コートの下は、ガウンのままだ。

ローランとは、再会を約束して別れた。

お互いに、いつとは言えなかったが、生きていることさえ知っていれば安心だ。

灯火を掲げた親衛隊に前後を挟まれ、夜道をゆっくりと移動していく。月明かりは清かに降り注ぎ、蹄(ひづめ)の音が重なり合う。行き先は、イルリ・ローネ領のはずれだ。ミスカギートとの国境に近く、ジャバルがいた邸宅からも、それほど離れていない。

暗い道は森へ続いていた。入り口に立てられた小さな門標も、木々や草むらにまぎれて張り巡らされた生け垣も、ゼファは見逃した。

たどり着いたのは、小さな屋敷だ。平屋建てで簡素だが、木々に囲まれた姿は端正に整っている。

エドラントが父親から贈られたもので、政務を逃げ出して過ごすための隠れ家だと聞かされる。迎えに出てきた使用人たちと手短な挨拶を交わし、入り口の広間でコートを脱いだ。ジャバルの屋敷で着せられたガウンを素早く整えながら、ゼファは案内された居間へ入る。

暖炉に火は入っていなかったが、部屋の中はじんわりと温かい。

茶の用意と酒が一緒に運び込まれ、使用人が去る。どちらがいいとエドラントに尋ねられ、ゼファは茶を選んだ。

「もっと大きな陰謀が隠されているのだと思っていました」

受け皿ごと持ち手のついた器を受け取る。エドラントが笑った。

「それは物語の読みすぎだな。一族を挙げての陰謀であれば、おまえを身代わりに出したりはしない。そもそも、アテームが王位に即くこともなかっただろう」

「……パヴェルは、父を……前の王を恨んでいたんでしょうか」

オメガが迫害されていなければ、彼の人生も違ったものになっていたはずだ。

「アルファとオメガの関係は、複雑なものだ。彼はオメガの情欲に負けてしまった。おまえが大切に隠されているように思えたのかもしれないな」

「忘れられていただけです」

「そのおかげで、あの男のように気がおかしくなることはなかった」

長椅子に腰掛けたエドラントは、酒を回すように揺らした。

「人にはそれぞれ、持って生まれた性質がある。アルファだ、オメガだと断定される前から、その性質が運命を促しているんだろう。パヴェルは、元から性欲に弱かったに違いない」

「……アルファである自分を、疎ましく思ったことがありますか」

ゼファはひとり用の椅子に座り、長椅子の肘掛けにもたれるエドラントを見た。

「『淫心の王』と呼ばれるほどの体質を持て余したことならある。しかし、アルファでなければ、王位に即くことは叶わなかっただろう。血統は建国以来、途絶えたことがない。志半ばで亡くなった父のためにも、イルリ・ローネの民の暮らしを守り、次の世代へ受け継いでいくつもりだ」

「……わたしは」

ゼファはうつむいた。器の中で揺れる赤みがかった液体を見つめ、呼吸をひとつして顔を上げた。

「あなたのように父を想うことはできない。オメガの迫害は、明らかな過ちだ。これからは保護に努めなければならないでしょう」

「私と同じである必要はない。エアテリエにはエアテリエの事情がある」

エドラントの言葉は、優しければ優しいほど、ゼファの心を傷つけた。

「今夜限り、会うことはできなくなりますね」

震えそうになる声を絞り出し、無理をして微笑む。

「おまえは……、エアテリエのアルファをつがいに選ぶつもりか」

グラスを丸卓へ置いたエドラントが近づいてきて、ゼファの手にしている受け皿ごとカップを取り上げる。それも丸卓へ置いた。

「心づもりを聞かせてくれ」

「聞いて、どうなさるんです……」

くちびるを引き結び、膝の上で拳を握った。うつむきそうになるたびにあごをそらし、決意を固め、円卓のそばに立つエドラントへ視線を向ける。

「……わたしが言えることは……。最後に、お情けをいただきたい。それしか……」

あの夜、月見台でくちづけを交わしたきり、抱き合っていない。

次に会ったときには見知らぬ者同士になるなら、最後に身体を重ねたかった。

ゼファのまつげが震え、濡れた瞳が揺らぐ。エドラントは無表情だ。

微笑みが消えた顔は凜々しく、ゼファの視線を奪って離さない。

「なんて言い方をするんだ」

ため息交じりに言われ、背筋がきゅっと伸びる。

「いけませんか」

「おまえは第一王子だ。だれも忘れていない。アテームがずっと頼りにしていたほどだ。兄が必ず気づいてくれると話していた。聡い弟だ」

大股に近づいたエドラントが、ゼファの前で上半身を傾けた。膝の上の拳に、手が重なる。

「初めの頃、私がつがいにすると言ったら、おまえはなんと答えたか。覚えているか」

「……いえ。なにか、失礼なことを」

「そうじゃない」

エドラントはゆっくりとかぶりを振った。

「自分以外のオメガを正妃にできるものなら、してみろと言ったんだ。新鮮だったよ。妾でも良いから置いてくれと哀願されることがあっても、あんな言葉を言われたことはない」

拳がほどかれ、指が絡む。

「あのときからもう、おまえは自分の足で立っていた。そうでないと言うなら、立とうとしているように見えたと言い直してもかまわない。あのときから、おまえが眩しくてたまらない。こんな気持ちは初めてだ。あの、初めての夜を、後悔するほどに……」

「エドラント。あなたはイルリ・ローネの王だ。わたしは、アテームに……、国に必要とされている。それを嬉しいと思うし、でも……」

「帰るといい」

ゼファの言葉を遮って、エドラントははっきりと言った。

まるで突き放すような潔さだ。彼の中にも、ふたりの関係を巡る葛藤は存在している。そのことに気づき、ゼファはゆるやかに絶望した。

恋を失う瞬間の残酷さに、息が浅くなっていく。

「自分の望みを叶えてくれ」

エドラントの指がぴくりと動く。離されてしまうのではないかと不安になったゼファは、指を握り返した。

「一緒にいられないということですね」

思わず、責めるような言葉がこぼれ落ちる。

国へ帰る覚悟は決まっていた。しかし、エドラントの後押しは受けたくない。ふたりの仲をあきらめると言われることは、耐えがたい苦痛だ。

繰り返したくちづけの甘さを思い出し、ゼファはくちびるを引き結ぶ。無表情でいようとしたが、エドラント相手ではまるでうまくいかなかった。

「おまえは、どうしたい」

選択肢を提示されることなく問われる。

「……あなたに従います」

ゼファは力なく答えた。せめて最後は従順でいたい。それが愛の証しになるなら、すべてをこらえ、永遠にエドラントの胸に残るように笑顔で去るだけだ。

置いていかれるのは、ゼファではない。エドラントだ。

だれをつがいにしても二度と満たされない淫心が、これから先もエドラントを孤独にするだろう。形だけの正妃。晴らせない欲望を鎮めるためだけの側室と妾。

アルファの苦労も、想像するだけなら簡単だ。そこには人の心の機微が反映されておらず、生殖と結びつく淫欲が果てなく続いている。

「ゼファ。私には、おまえの心がわかる。そのひと言の意味も」

エドラントの声はどこまでも穏やかだ。もうすべてをあきらめているように思える。手を握ったゼファは想う相手をじっと見つめた。

エドラントが続けて言う。

「その重さが……わかるんだ。それがおまえの意志か？　望みを曲げて、人に従うつもりか」

「あなただって、望めばすべてが手に入るのに」

「おまえの望みを叶える満足感が、私のすべてだ。おまえが望むことならば、なんだって叶える。……ねだってくれないか。お情けなどと言わずに」

エドラントの手が動き、互いの指が絡み合う。

甘い痛みに突き動かされ、ゼファは浅く息を呑んだ。言うだけなら、許されるのだろうかと迷い、いまこのときだけならと、意を決してくちびるを開く。

「……あなたの妻になれたなら、どんなにいいだろうかと思います」

ほかのだれともつがいにならず、エドラントとともに生きてゆきたい。

叶わぬ夢だが、エドラントには覚えていて欲しかった。それぞれの国を守るために、この恋は犠牲になるのだ。

ゼファの涙が片目からこぼれ落ちた。続いて、もう片方の頬にもひと筋、すべり落ちる。

エドラントの大きな手のひらで、濡れた頬が拭われた。

ゼファの目の前に、エドラントが膝をつく。

「それが本心だな。口にした言葉は取り返しがつかないぞ」

言質(げんち)を取ろうとするエドラントが意気込んでいるように見え、ゼファは泣き笑いの表情を浮かべた。

「エアテリエを背負う覚悟をさせたのは、あなたなのに……」

「おまえの野心と、愛情は別の事柄だ。人というものは、愛に生きるのかもしれない。しかし、愛だけで生きられるものでもない。所詮は、ひとりだ。ひとりで生まれて、ひとりで死んでいく。その摂理の間に、私は、おまえと支え合っていたい」

ゼファはうつむいた。そのあご先を、エドラントの指先が止める。

瞳を覗かれ、幸福感でゼファの肌が震えた。

「愛している」

エドラントのまっすぐな言葉がゼファの心を射抜く。恋が淡く仕留められ、真っ赤に燃えあがった。

それだけでじゅうぶんだと、ゼファは首を傾ける仕草で微笑んだ。

百万回の交わりよりも艶かしく、身体の内側が熱を帯びて溶けていくような満足感を覚える。この世でただひとり、エドラントに愛されているのはゼファだ。

「でも、国政に関われば、こんなふうには会えなくなります。あなたは一国の王で、わたしは弟を支えるだけのオメガだ。できうる限り、地位を求めるつもりですが、でも……」

「そうだな。それは私も考えた」

うなずいたエドラントのまつげが上下して、それだけのことにさえ、ゼファは痺れてしまう。

「おまえにばかり、覚悟を強いるつもりはない」

エドラントが言い、ゼファは問い直す。

「どうするつもりですか」

「ひとつだけ方法がある。ふたりがひとつになるように、ふたつがひとつになればいい」

「え？」

意味がわからず首をひねったゼファを、エドラントは眩しそうに目を細めて見上げてくる。

逞しい胸を得意げにそらした。

「おまえを国王に押し上げ、共同自治を提案する」

「な、に……っ」

声が裏返り、思わずのけぞった。腕を引き戻される。

エドラントは意気揚々と言った。

「貿易税の撤廃を宣言すれば、両国の反対は押しきれる。ミスカギートの王宮を含め、裏での調整は済んだ。すでにアテーム公の承諾と、書類への署名も得ている」

「それを……得るために……」

わざわざエアテリエの王宮まで出向いたのだ。

「アテームの病状を見ておきたかった。それに、後見人のドレイムとも、腹を割って話ができた。……おまえの適正については、私とジャバルが証人になる」

「なんて、ことを……」

無理ですと叫びかけて、ゼファは自分のくちびるを押さえた。

にわかには信じられず、エドラントの顔をまじまじと見つめる。

得意げな瞳がついっと細められ、手が引かれる。

「自信がないなら、おとなしく私の側室になるか」

ささやかれて、ハッと息を呑む。手の甲にくちびるが押し当てられ、そして離れていく。

ゼファは手を動かし、片膝をついたエドラントのシャツの袖を掴んだ。前のめりにくちびるを追いかける。

「いいえ。……あなたの正妃の座は、だれにも譲りません」

まつげを伏せて、エドラントにくちづける。そっと離れたゼファの体温が上がった。頬が火照り、白い肌が淡い花の色に染まっていく。

「希望も愛も、すべてを望みます。あなたもどうか、わたしの夫の座を望んでください」

指先で精悍な頬をなぞり、これほどの幸福はないとばかりに微笑む。そうしようとしなくても、笑みは自然と込みあがってきた。

「もちろんだ。おまえを全力で支えていくと誓う。だから、夫に選んでくれ。ゼファ。……私以外に抱かれるおまえなど想像もしたくない。もう二度と、微塵も考えるな。……私だけを見ていてくれ」

「……はい。あなただけを、見ています」

「ずっとだ」

繰り返し確かめるエドラントが愛しくて、ゼファは両手を肩の上に伸ばした。抱き寄せられ、椅子からすべり落ちてしがみつく。

改めてくちづけを交わし、熱い吐息を漏らす。ゼファの髪をかきあげたエドラントが目を細めた。

「ヒートが来たのか」

言われて初めて気がつく。ふたりは顔を見合わせた。こんなに早く周期が巡るはずはないと思ったが、身体の熱さ、浅くなっていく呼吸、どれをとってもヒートの症状だ。

「まだ周期が定まらないのだろう……。とはいえ……」

エドラントも煽られているらしく、目が欲望で潤み始める。しかし、これを機会(チャンス)とは思わない男だ。

その慎み深い優しさでゼファを見つめ、これほどの短期間のうちに、王位にふさわしく仕立ててくれた。

「エドラント……。どうか……、今夜、つがいにしてください」

言葉にすると、それだけで肌が熱くなる。

エドラントの頬を両手で包み、親指をそっと動かしながら瞳を探った。そのまま、ゼファは軽く首を振った。絹糸のような髪がなめらかに揺れる。

そして、言い直した。

「……なりたい。エドラント、あなたのつがいになるから……今夜、抱いて……、噛んで欲しい……」

くちびるを重ね、愛する男にそっと歯を立てる。それからぎゅっと首へしがみつき、肩へ頬擦りした。

エドラントは勢いよく立ち上がり、あっという間にゼファを抱きかかえる。

ゼファは目を閉じた。衣服越しにもエドラントの肌の熱さや逞しさを思い出し、火照った息遣いが漏れていく。

恐れることはなかった。エドラントを愛している自分自身を信じていれば、この先のどんな障害をも乗り越えられると思えたからだ。ひとりで王宮へ戻るのとは、なにもかもが違う。

エドラントがゼファの存在を信じているのだ。

その喜びに浸り、主寝室へ運び込まれた。

扉が閉じられ、床へおろされたゼファは手を引かれる。部屋はランプの明かりに浮かびあがり、待ちかねたようなエドラントに腰を引き寄せられた。

長く濃厚なくちづけを交わしながら、エドラントの手がゼファのガウンの紐を解く。

息を呑む気配に気づき、ゼファは身体を離した。いまのいままで、着用している長着のことを忘れていたのだ。それはレースでできた夜伽用の長着だ。真っ白だが、模様の隙間から肌が透けている。

「あっ……」

真っ赤になったゼファは、慌ててガウンの前を引き合わせた。逃げ出そうとしたが、腕を掴まれ、ガウンが開かれてしまう。肩から背中へとずらされる。さらりと床へ落ちていき、裸でいるよりも恥ずかしくなったゼファは長着を脱ごうと動く。けれど、エドラントに止められた。

「よく見せてくれ」

レースに包まれた肩にエドラントのくちびるが押し当たる。胸も背中も大きく開いていていて、袖はない。正面にたぐり寄せたドレープが重なって下半身を隠している。

エドラントの手に、腕から手首までを撫でおろされ、指が絡む。

ゆるやかなヒートの到来で、ゼファの身体は敏感だった。甘い息遣いが漏れてしまう。

「んっ……」

「おいで。ゼファ」

片手を絡めたまま引かれて、寝台へ近づく。腰掛けたエドラントの前に立たされた。両手を握ったゼファは手を伸ばした姿勢で顔を背ける。

全身が晒され、いたたまれない。それなのに、見られていることに興奮する心もある。じわりじわりと淫らな感情が湧き起こっていくのだ。

「この服は、ミスカギートで、つがいの儀式において使われるものだ。夜の花嫁衣装と呼ばれている。……ジャバルは知っていて用意したんだろう。……よく似合っている」

「そんなに、見ないで……。恥ずかしい」

「ここが、反応するからか?」

ゼファの片手を離した手が、ふいに下半身を撫でた。ゼファは飛び退ろうとしたが、繋いでいる手に引き寄せられる。寝台の上に転がると、エドラントの片手がなおも下半身部分を撫でた。大きく入ったスリットの合間から、素肌に触れられる。

「う、んっ……」

やわやわと握られ、声が上擦った。

エドラントの愛撫に息を乱し、ゼファは身をよじる。しかし、すべては無駄だ。

もっと触れて欲しいと、ゼファ自身が求めている。

「……あっ」

レースの隙間からぷくりと膨らんで見える胸の突起に、エドラントの舌が触れる。そっと押され、ゼファはたまらずに背をそらした。

腰の奥がじくりと疼き、自分からエドラントの頭部を抱き寄せる。

「あっ、あ……」

胸の突起とともに、下腹の芽生えが、繊細なレースごと揉み込まれていく。重なる快感で、握られたものは脈を打って大きくなる。ゼファは片足を立てた。欲望には逆らえない。

「……ぅ、ん……んっ、ぁ、あ……っ」

むくむくと大きくなった欲望をしごかれるたび、甘い声が溢れた。

「まだ恥ずかしいのか？　ゼファ」

伸び上がったエドラントに顔を覗き込まれ、くちびるが重なる。貪るような舌遣いで口腔内を掻き乱され、喘ぎながら寝具の布を掴んだ。

「……ぁ、くっ……ン……」

「おまえは、いい匂いがする……。こんなに興奮して……すごいな」

長着の裾はすでにたくし上げられ、足の付け根まであらわになっていた。

エドラントの手で欲望を掴まれる。根元から形をたどり、先端が指の腹で押された。先走りが糸を引く。

何度、抱かれても、快感はそのたびに色を変え、ゼファは新鮮な気持ちで恥じ入る。快感に驚き、溺れていく自分を感じた。

そして、今夜はさらに特別だ。

エドラントの告白によって引き起こされたヒートは、ゆるやかで、初めてのときのような理性を失うほどの暴走は起こっていない。けれど、ふわふわとした浮遊感が続き、エドラントの愛撫を受けるたびに頭の中がぼんやりとしていく。

「ん、んっ……っ、は、ぁ……」

ゼファの下半身から水音が響き、腰がわずかに浮く。

「もっと声を聞かせてくれ。それが興奮する。……ゼファ？」

呼びかけられたゼファの瞳は、とろりと熱っぽくエドラントを見た。

「もう、出て、しまいそう……。手が、熱くて……」

髪を引き、苦しさをこらえるように快楽をねだる。

激しくこすり上げ、絶頂まで導いて欲しかった。

「あっ、あぁっ……」

根元を強く掴まれた陰茎が、ねじるようにしてしごき上げられる。

「んっ、く……」

敏感な裏筋に卑猥な愛撫が走り、ゼファはあごをそらした。

「あ、あっ、あ……っ、う、ん……ん！」

しどけない腰がひときわ大きくよじれ、解放の瞬間はすぐにやってくる。肉茎の中にひと筋伸びる細い管が、出口を求める体液に押し広げられた。

数日ぶりの行為に、ゼファの喉が引きつる。忘れがたい快感と忘れていた悦楽が入り交じり、肌を震わせながら精を放つ。

「エドラント……」

息を乱し、せつなく名前を呼ぶ。足を開くと、エドラントが身を起こし、ゼファの出したもので濡れた手を奥へ忍ばせた。

太い指が秘所を貫き、ねじりながら押し進む。

「あっ、あっ……」

「苦しいか？」

ふいに顔を覗かれ、ゼファは手の甲で口元を覆った。顔を左右に振る。

「感じっ……すぎ、て……」

「痛みはないんだな」

ぐいっと内壁を掻かれ、腰が浮く。脈を打つように身体が跳ねた。

「ここか……」

「あ、あぅ……んんっ、い、やっ……そこ……っ、あ、あぁっ」

長い髪が寝台の上に乱れ、火照った肌が汗ばんで光る。

目を細めたエドラントに眺められていると気づき、一度は恥じらいで身を丸めようとしたゼファは思い直した。胸を開き、自分で手を押し当てる。繊細な編み目のレースを探ると、隙間に尖りを見つけた。

「ん……」

自分の指の腹で押さえた快感は淡い。けれど、エドラントの指を受け入れた肉壁は違う。絡みついてうごめき、奥へと誘うように律動する。

快感がふつふつと湧き出し、ゼファはいっそう自分の指で尖りをこねた。

「あぁっ……、エド、ラント……」

たっぷりと情欲を含んだ声で呼びかける。

ヒートを起こしている身体はおのずと濡れて、エドラントの指もなめらかに動く。

「……あ、あっ……ん」

腰だけでなく尻まで持ち上がり、踵が浮いた。ゼファはせつなさをこらえてまつげを伏せ、くちびるを噛む。

もどかしさが内壁を疼かせる。もっと確かな熱が欲しかった。それが真実だ。

「……あ、あなたが、欲しい……。指は、もう……」

身体を起こし、髪をかきあげた。積極的になることがいいのか、悪いのか。そんなことを考える余裕はない。

衣服を脱ぐエドラントの腰に手を伸ばす。ベルトをほどき、前立てをゆるめる。

エドラントがすべてを脱ぎ去ったのと同時に、象徴が隆々と天を衝く。

「……ぁ」

生々しく血管が浮き出た威容に、足を崩したゼファは息を呑んだ。オメガのヒートに煽られた姿は、いつも以上に猛々しく感じられる。

気づくと、自分からくちびるを寄せていた。先端に触れて、そっと誘い込む。先端をつるりと口に含んだ。

「ん……ぅ」

いつにもまして張り詰めた先端は、先走りが溢れて甘い。ゼファはそれを丹念に舐め取り、硬さを味わうように肉茎へ舌を這わせた。

淫靡な行為だと自覚するたびに、腰の奥がびりびりと痺れ、アルファの匂いを感じる。それはつまり、エドラントの匂いだ。気が遠くなるようなめまいがした。

愛する男だからなおさらに、気が逸(はや)り、心が乱れ、淫欲が兆す。

早く交わりたくて焦れると、エドラントが腰を引いた。くちびるが指先に拭われる。

「おまえが欲しいんだ、ゼファ」

声は甘い情欲を映し、硬くかすれた。溢れんばかりの興奮を隠そうとしないのに、ひとつも下品ではない。

まごう方なき愛情で求められ、ゼファは寝台の真ん中に横たわった。長い栗色の髪を、背に挟まないように流す。足を開くと、間に身を置いたエドラントが近づいてきた。

先端が濡れそぼったすぼまりに当たる。ぐいと押され、引けた腰がレースごと掴まれた。

「んっ……」

濡れた襞が掻き分けられ、先端まで硬い肉棒がめり込む。エドラントは熱かった。

先端が襞を押し広げただけで、ゼファはこらえきれずに背をそらして吐息をこぼす。

視界がじわっと滲み、目を閉じる。

「もう、腰が動いてるんだな……」

純白のレースに包まれたゼファの脇腹を撫でおろし、エドラントは、ゆっくりと腰を進めてくる。

「あ、あぁ……っ」

のけぞったゼファの腰の裏に指が這い、抱えるようにして尻肉が割り広げられた。

ずずっと、ぬめりを帯びた肉同士がこすれ合う。入ってくる感覚にゼファは背をそらし、深々と自身を収めたエドラントの、深く感じ入った吐息にも興奮する。

肉襞が、愛する男を包み込むようにうごめく。それだけのことが嬉しくて、浅い息を繰り返した。

「気持ちがいいか、ゼファ」

甘い呼びかけに、何度もうなずく。

「いい……」

内側から押し広げられ、エドラントが揺れるたびに、敏感な内壁を刺激される。ゼファの腰はおのずとよじれ、小刻みに揺れ動く。

「あ、あっ……かって、に……うご、く……」

「いいんだ。ゼファ。感じている証拠だ。もっと好きなように……」

ささやきが胸に落ちて、レースごと噛まれた。胸のつぼみがひくりと反応して、今度はぎゅっと吸われる。

「うっ、ん……」

ゼファはもどかしさに震えた。純白のレースを夜の花嫁衣装と言われたことを思い出す。自分がまっさらな身体に生まれ変わったような気がしてしまう。

裾を乱され、肩があらわになり、夜伽とはまるで違う情交が始まっていく。

「エド、ラント……」

胸のレースが唾液で濡れて、さらに淫らな気分になる。求められている実感がゼファを包み、これまでにない深い悦が生まれてくる。

身の内が柔らかく痺れ、伸び上がりながら寝具の布を蹴る。

「あぁっ……あ、んっ……」

片方だけ肩のレースをずらされ、腕を抜く。ゼファの中に昂ぶりを収めたエドラントの腰が急に激しく動き出した。

「ん……っ、ん、ん……あっ……あ……っ」

息をつく間もない律動で揺さぶられ、硬い陰茎で責め立てられる。根元から奥まで、すぼまった肉壁が何度もこすられ、行き当たりに先端が食い込む。

そのたびに、新しい快感が引き出され、ゼファは息も絶え絶えに悶えた。

脇腹のそばに置かれたエドラントの腕へと指をすがらせる。

「ん、んっ……は、はぁっ、ぁ……ん、ん……っ」

喘ぎながら、張り詰めた肌をなぞり上げ、もうすでに汗で濡れている肩へ手を置く。

「あっ……あぁ、ぅ……」

「すごいな、ゼファ……。中が熱くて、うねりが……」

夢中になったように腰を振るエドラントの汗が、レースの上にしたたり落ちていく。

「あな、たも……すご……っ」

「どう、すごいんだ?」

ちらりと視線を向けられ、ゼファは目元の緊張をゆるめた。

「硬くて……熱い……。気持ちいい……。奥を突かれると、もう……」

言い終わる前に突き上げられてのけぞる。ぶるっと身体が震え、甘い感嘆の声とともに最奥の襞が収縮した。

エドラントが息を呑み、涼やかな眉間を引き絞る。

「ゼファ、……ゼファ」

熱っぽく呼びながら、素肌へむしゃぶりつかれ、あらわになっている片方の尖りが強く吸い上げられた。舌で押され、激しくこねられる。

「あぁっ、あっ……い、やっ……あぁっ!」

肩を押し返そうとした手をむしり取られ、首へと促される。エドラントが胸を合わせるようにずり上がってきた。

オメガのヒートに煽られた息遣いは激しく弾み、理性を失ったかのようにかき抱かれる。

「ゼファ……かけるぞ……。おまえの、奥に……」

欲望を溢れさせた獰猛さでささやかれ、ゼファはぎゅっとしがみつく。エドラントの声はいつになく猛々しい。

理性的であろうとこらえていても、限界なのだろう。それはゼファも同じだ。奥を突かれる快感が欲しくてたまらず、もう声も出せない。

エドラントは低く呻き、いっそう腰をねじ込んでくる。根元までぴったりと埋められた肉茎は、濡れた内壁にまとわりつかれてもなお跳ね回る。

ゼファは我慢できずに大きく声を放った。

「あ、あっ……あぁっ！　あ、あぁ……っ！」

エドラントの巧みな動きで声が刻まれ、泣きながら身をよじらせる。絶頂のふちでしがみつくと、耳朶を噛まれ、全身の肌が波立って震えた。汗が噴き出す。

「あぁっ、ん……ッ！」

ゼファの動きに合わせ、最奥に突き立てられた肉茎の先端が弾けた。

のたうつような快感は全身に及んだ。腰が痙攣を起こし、びく、びく、と脈を打つ。

熱い蜜が大量に溢れ、二度目のヒートに震えるゼファの奥地を濡らす。

「あ、あ……っ」

ゼファはなす術もなく、しがみついたままで口の中にエドラントの舌を迎え入れた。噛んでしまわないように親指も口の端から差し込まれ、歯が押さえられる。

まだ硬い肉茎で揺さぶられながら、ゼファは上も下も愛撫を受ける。

とろんと力の抜けた瞳を、エドラントが覗き込んだ。快楽の中を駆け抜けた男は、髪まで汗で濡れ、激しい息遣いを繰り返す。

ゼファは、せつなく眉根を寄せた。与えられる快感と同時に、与えている快感で満たされながら、まだ興奮が冷めず、貪るようにエドラントの舌を吸う。

やがて身体をひっくり返され、レースの長着も剥がれる。背中へのしかかるエドラントの濡れた肌は熱く、身体の重みさえもが、この上なくゼファを幸福にした。

ふたたび動き出したエドラントの腰に、ゼファの興奮と絶頂は交互に渦を巻いていく。

「う……く。……あぁっ……」

肩甲骨(けんこうこつ)に沿って、エドラントの舌が動いた。首筋へ向かう。

「噛んで……。あぁ、エドラント……ッ」

寝具の布をぎゅっと掴み、ゼファは艶かしく背中をそらした。両脇から垂れ下がる髪をそのままに頭部を左へ傾ける。

汗で貼りついた髪が丁寧によけられ、身体を支えるゼファの腕はぶるぶると震えた。

「愛しています。エドラント……愛してる」

繰り返して、くちびるを噛みしめる。

つがいになる恐怖はどこにもない。ゼファがかすれる声で繰り返したのは、溢れて止まらない愛情ゆえだ。気持ちをただ伝えたくて、言葉が転がり出る。

エドラントの重みを感じてうずくまると、かすかに乱れた息遣いが首筋に当たった。エドラントは厳かに黙したままだ。ゼファは、ぎゅっと目を閉じる。

ふたりの未来を手に入れるためにエドラントが重ねた苦労は大きい。不可能を可能にする道を探し出し、すべてを説得したのは、ゼファが欲しいと本気で思ってくれたからだ。

もう言葉はいらなかった。

エドラントの歯がゼファの首筋に食い込み、受け入れた肌がしっとりと裂ける。それほど強く歯を立てたわけでもないのに、甘い血液がしたたり落ち、ゼファの肌はいっそう淡く春の色に染まった。

「あ……ぁ……」

歓喜の息遣いは、ふたりだけのものだった。ゼファとエドラントだけが、互いの脈打つ鼓動とともに聞く。

エドラントが血をすすり、唾液を擦り込むように舌を這わせる。腰がゆっくりと動き、また愛の交歓が始まっていく。

ゼファは泣いた。突き上げられて快楽が募り、寝具の布地にこすれた昂ぶりから白濁した体液が溢れていく。つがう喜びに胸を揺すられ、愛する男の力強い抱擁に未来を感じた。すべてが委ねられ、寄り添っていく。

心底から求める男と巡り逢い、そして、いま、永遠を誓わせているのだ。

自分だけのものだと思う快感と、支え合って生きゆく嬉しさで肌が燃える。火照りは生命そのものだ。相手を温め、励まし、そして心地よく満たす。

「……前から、抱いて」

ゼファがねだると、また身体が返される。手を伸ばし、頬を包んだ。どちらからともなく微笑みがこぼれ、息遣いが絡んでいく。

「愛しています。エドラント」

まっすぐな言葉を投げると、エドラントは感慨深げに目を閉じた。長い孤独から解放された男のまなじりに、汗と混じった涙が浮かぶ。ゼファは知らぬふりで、そっとくちづけて吸い上げた。

ふたりの身体は同じようにさざ波を立て、分かち合う悦楽がきらめいて弾ける。

指を絡ませて見つめ合い、もう一度、快楽の中へ深く潜り込んだ。

【5】


その日の空は、どこまでも広く晴れ渡っていた。

王宮に用意された部屋で、ゼファは窓辺から外を見つめる。イルリ・ローネの王宮だ。かつては後宮側から眺めた庭の木々が、視界を覆う。爽やかな初夏の風が梢を渡っていくのが見え、後宮の屋根もわずかに眺められる。

「浮かない顔をしていますよ」

そばに近づいてきたのはローマンだ。その向こうでは、後宮で世話をしてくれていた侍女が立ち動いている。

「緊張することはありません。戴冠式は、実に立派でいらっしゃった」

腰の裏で腕を組んだローマンが言う。

エアテリエの王宮に召し上げられたローマンは、いまやゼファの親衛隊の隊長を務めるまでに出世した。いまも紺地の軍服正装に身を包み、短い髪を撫でつけている。日々の研鑽で鍛えあげられた体格は立派で、どこから見ても『偉丈夫』だ。

じっと見つめ返し、ゼファはため息をつく。

ゼファの戴冠式が行われたのは、春のことだ。

王宮内外の王族や貴族に対する根回しは、後見人のドレイムがすべて請け負い、潜り込んでいた内偵が活動を推進した。

王宮へ戻ったゼファも彼らに支えられ、積極的に動いた。アテームの若さや病気が理由ではなく、オメガ迫害の圧政を正すための譲位だと説いて回ったのだ。

それは王都内だけでなく、地方にも及んだ。即位してからでは難しい領地の視察も兼ねて、国民の暮らしや、召し上げられないために隠されているオメガの情報も集めた。『忘れられた王子』がエアテリエの王国議会へ復讐するのではないかと警戒されもしたが、足を運んで話せば、だれもが疑惑を捨て去り、膝を屈した。

もはや美貌の勝利だ。エドラントとつがいになったゼファは、光り輝くような慈悲を身に備え、微笑むだけで情け深く見える。

事実、イルリ・ローネの王から教えを受けたゼファは、柔軟な思考と威厳を兼ね備えていた。だれの意見にもよく耳を傾け、ときに厳しく諭し、ときには優しく慰めもする。

前々王が行ったオメガの迫害により傷つけられ失望していた国民は、オメガ王の誕生に期待を寄せた。価値観の転換を図る意見に賛同する者はまたたく間に増え、一方で、責務から解放されたアテームの心身も回復していった。

自ら戴冠式の日取りを定めると、それまでに自力の歩行を目指すと宣言して実現させたほどだ。まだ年若い彼に必要だったのは、つがいではなく、肉親の愛情だった。

花が咲き乱れるエアテリエで、弟から兄へ、王冠の受け渡しは、しめやかに執り行われた。

それが春のことだ。しばらくは国政に打ち込むつもりが、思いのほか多くの嫁婿候補が押し寄せ、花々が散る頃にはもう政務をこなすどころではなくなった。

困り果てたエアテリエの王宮へ電撃的に飛び込んできたのが、イルリ・ローネの青年王からの求婚だ。それについて飛び上がるほどに驚いたのは、重臣たちだけでなかった。

月に二度ほどの密会では、ゆっくり時間をかけると話していたのだ。ゼファにも相談なく『貿易税の撤廃』をひっさげて現れたエドラントは、群がる求婚者をすべて蹴散らしてしまった。彼にはそういうところがある。

寛容に見えても、ゼファに対してだけは欲深い。

貿易税は、イルリ・ローネがエアテリエを従わせるのに使ってきた切り札でもあり、これが一気に撤廃となれば、議会も国民も反対の声をあげられない。

イルリ・ローネにとっては、これから先の切り札を失うことになるのだが、隣り合わせているミスカギートとの関係を考えれば、エアテリエと手を結んで国力を増強することも悪い手ではない。

姻戚関係を結ぶだけなら貿易税の撤廃にまでは至れないが、王同士の婚姻ともなれば話は変わる。またとない機会だと沸き立った双方の臣下が全面的な協力体制を取り、ふたりの結婚はあっという間に決定した。

エドラントは、ゼファが身代わりとして後宮入りした季節に、結婚式を挙げたかったのだろう。情熱的なアルファだ。ときとして、わがままを押し通す。

「戴冠式の方が、よっぽど気が楽だった」

エアテリエの儀式は、すべてにおいて質素に行われる。そして、公開されることはない。しかし、イルリ・ローネは違った。祝い事となればお祭り騒ぎだ。それが王や王子の結婚なら、国を挙げての大騒ぎになる。

特に正妃を迎え入れることは重要視され、結婚式は国民を前にしての宣誓となる。王城前の広場に人を集め、せり出したバルコニーで書類に署名を入れるのだ。

「わたしが気に食わなければ、卵を投げつけられるんだ……」

ゼファは物憂くつぶやいた。すると、ふくよかな侍女が駆け寄ってくる。

「そんなことにはなりませんから……っ！　なんてことをおっしゃるんですか」

宣誓式の身支度は、婚礼の式服の注文から髪型の決定まで、彼女を中心として行われた。

特に式服は需要だ。白い絹を選ぶところから始まり、袖の形や裾のドレープ、胸元の開き具合まで細かく指示が出された。

真っ白な式服に身を包んだゼファの準備はすでに整っており、あとは正妃の冠を頭へ載せるだけだ。

「ゼファさま。楽士が一曲、お贈りしたいと」

人に呼ばれ、扉のそばへ向かっていたローマンが戻ってくる。ゼファが招き入れると、今日も黒ずくめの楽士が竪琴を胸にして膝をつく。

黙ったままで一礼され、ゼファは窓辺を譲って立ち上がる。

最後の支度を終えるために鏡の前へ移動すると、窓辺に座った楽士が竪琴をつま弾き始めた。ゼファは、鏡に映る自分を見つめ、後宮入りした前後からこれまでを振り返った。思い出そうとしなくても、頭の中で記憶が巡る。

侍女はしずしずと動き、豪華な冠をゼファの頭に載せた。落ちないように髪を編み込む。彼女の提案で、花を繋いだ糸が何本も垂らされ、ゼファのなめらかな髪は花が舞い落ちたばかりのように見える。

婚礼の式服の袖は繊細なレース編みで、裾にはたっぷりとしたドレープが揺らめき、胸元は大きく開いている。そこを彩るのは、ローマンが隠しておいた母の形見だ。

大きな宝石が輝いている。

そして、首には幅広の白い布が巻かれていた。結び目は後ろにあり、背中へ長く垂れ下がっている。つがいを得たゼファの首筋には、あの日の痕(あと)が刻まれているのだ。

エドラントを受け入れた夜の、噛み痕。美しく生え揃った彼の歯形のそれ。

本来なら薄れゆくはずだが、いまだに生々しく残っている。

なにも話さずに、ゼファは楽士がつま弾く竪琴の調べを聴く。心が凪いで、エドラントに惹かれていった心のありようだけをなぞって目を伏せる。

一曲が終わらないうちに呼び出しがかかり、ゼファは心を決めて立ち上がった。

楽士は何事もなく音を奏で続ける。旋律に送られ、部屋を出た。

バルコニーがあるのは城壁の途中だ。壁は厚く、回廊になっている。戦争をしていた頃の名残で、ところどころに矢狭間が造られていた。

その中央にあるのが、改築されたバルコニーだ。イルリ・ローネの国民にとっては、平和の象徴でもある。

王宮を出たゼファは、顔をしかめた。城壁までの道には強い風が吹いている。

せっかくの花のこしらえが飛んでいきそうな強風だ。

侍女が慌てて式服の裾を抱え、身体の大きなローマンが風よけになる。ゼファは逃げ込むようにバルコニーへ続く広間へ入った。

中にいた数人が振り向き、ゼファはひたと動きを止める。

今日の証人となるために集まった、イルリ・ローネ、エアテリエ、そしてミスカギートの代表だ。イルリ・ローネからは前王の兄弟が、エアテリエからは前王のアテームと元後見人のドレイムが、そして、ミスカギートからはジャバル王と彼の正妃が出席している。

侍女とローマンの手を借りて婚礼衣装や髪の乱れを直し、ゼファはそれぞれから祝福の挨拶を受けた。

最後にやってきたジャバルは、一国の王らしい威厳を見せていたが、格式張った挨拶の最後にはエドラントの友人に戻る。ゼファを見て悔しげに顔を歪め、その腕を見目のいい正妃につねられた。

彼の王妃は、ゼファよりもぐっと色気のある派手な顔立ちで、こういったオメガでなければジャバルの相手は務まらないと思わせるところがあった。似合いのふたりだ。

肝心のエドラントはまだ到着しておらず、ゼファは椅子に戻ったアテームへ近づく。まだ体調の安定しないところがあり、長時間の外出は疲れが出る。宣誓式が終われば、晩餐会には出席せず、王宮で休息を取る予定になっていた。

「風がやむといいのですが」

心配そうなアテームが細い声で言う。やつれていた頬はひと頃よりも丸くなり、今日は顔色もいい。兄の結婚式で舞いあがっているのだろう。明日は起き上がれないかもしれないと内心で案じながら、彼の隣に座った。

そこへ、ジャバルが近づく。

「宣誓式で紙が飛ばされたら不吉だぞ。天が許さないと、見なされるからな」

とんでもないことを居丈高に言い出したかと思うと、勢いに押されて青白くなってしまったアテームの顔を無遠慮に覗き込んだ。

「今日は顔色がいいな」

「あなたがいま、悪くさせました」

ゼファが辛辣に返すと、アテームはいっそう目を白黒とさせる。

気にも留めないジャバルは笑った。

「そうか。それは申し訳ないことをした。もうじき、弟も年頃だろう。アルファを元気にさせるなら、オメガに限る。心優しいのを見繕ってやろう」

そう言って、アテームの向こう側へどっかりと座り込む。ドレイムのための席だ。

「弟君は、どんなオメガがお好みかな？　女性オメガ、男性オメガ。どちらでも好きな方を……。いっそ、同時でもいい。男性オメガでも抱き心地はいいものだ」

「……わたしを見ないでください」

ゼファは片頬を膨らませて、ジャバルを睨む。

そのとき、部屋に風が吹き込み、エドラントが大股に入ってきた。白い正装に、赤い天鵞絨のマント。前髪は後ろへ撫でつけられ、頭部にはきらびやかな王冠が載っている。

振り向いた視線は、迷うことなくゼファだけを見つめる。ゼファもエドラントだけを見た。震えが来るほど美しい花婿に、ゼファの心は悶えるようによじれていく。幸福の痛みを感じながら、ひと通りの挨拶を済ませるエドラントを待った。

立ち上がったジャバルが、続こうとするアテームを制する。彼なりに体調を慮っているのだろう。目配せで王妃を呼び寄せ、エドラントと挨拶を交わす。そして、アテームに代わって着座の非礼を詫びた。

エドラントは微笑みを浮かべ、アテームの前に片膝をつく。

「来てくれただけでも嬉しいよ。無理をせず、座って見ているといい」

「あの……、風が心配です」

ジャバルの言葉を気にしているのだろう。アテームの青白い顔が歪む。

エドラントは黙ってジャバルを見上げ、軽く睨みつける。それに合わせて、ジャバルの王妃が扇で口元を隠した。年下の友人にたしなめられる夫に対して、目元が笑っている。

「アテーム。心配はいらないよ」

エドラントはもう一度、優しく微笑んだ。

「ゼファと私の婚姻は、天も地も、人も、すべてが認めるものだ。ここでしっかりと見届けておくれ」

そう言って立ち上がり、ゼファに向かって両手を差し出した。

「おまえも、風が心配か？」

「……イルリ・ローネの国民は、わたしを認めるでしょうか」

すぐには立ち上がらずに問いかける。

「エアテリエの国民も、おまえを認めたのだから、なにも心配するな。国民というものは、すべからく聡明なものだ」

自信たっぷりに言われ、ゼファは両手を伸ばした。待ち構えているエドラントの手のひらへ置く。柔らかく、しかし、力強く握られた。

引かれて立ち上がり、見つめ合ってうなずく。

バルコニーへ向かって敷かれた赤い絨毯の上へ、ふたりで移動する。

侍女たちが現れ、式服の乱れと冠の位置や固定を確認した。

やがてファンファーレが鳴り響き、部屋の中にも群衆のどよめきが聞こえてくる。

エドラントの腕に掴まったゼファは強風を思い出し、後日に残るだろう悪評を覚悟した。

ふたりで歩き、バルコニーへ出る。強い陽差しが、一瞬、ゼファの目を眩ませた。

風は吹かなかった。

人々の口笛や拍手がどっと押し寄せ、雲ひとつない青空が見える。

その下には、イルリ・ローネの城下町の屋根が連なり、かつて、エドラントと訪れた広場は、ふたりへの祝福に駆けつけた人々で埋め尽くされていた。

イルリ・ローネとエアテリエ、両国の小旗が無数に揺れている。

ゼファはゆったりとエドラントを振り仰ぐ。微笑みが浮かび、宣誓書への署名をする前に、ふたりはもうくちづけを交わしてしまう。

急ぐことはなにもない。それから署名をしてもかまわないのだ。

あれほど強かった風は、ふたりがバルコニーを去るまで吹かず、そのことは両国にとって後々まで語り継がれる伝説となった。

＊＊＊

いつかのように城壁の裏口から出かける。

違っているのは、見送りが楽士とローマンのふたりになったことだ。そして、ゼファも男装をしている。

袖のたっぷりとした白いシャツに細身のズボン。長い髪はラフに編んで、肩に流している。

幌のない荷馬車で抜けていく森の中はにぎやかしい。新緑とふくよかな花の匂いが風に運ばれ、鳥たちが歌を紡ぐようにさえずり合う。

来た道を振り向くと、木々の枝が作り出したレース編みの影が続いていた。空は快晴で、陽差しが強い。

やがて、馬の手綱を握った男が鼻歌を口ずさみ出す。向かい合って座ったエドラントとゼファは目配せを交わした。初めに歌い出したのはエドラントで、続いたのはゼファだ。

「あんたたち、歌がじょうずだね！」

男が嬉しげに声をあげる。三人の歌声は高く低く重なり合って陽気に響いた。

イルリ・ローネに伝わる民謡だ。去年のいま頃は歌えず、ゼファはただ聞くだけだった。しかし、いまはもう違う。エドラントと過ごす時間が増え、口ずさむのをよく聞くようになったからだ。

荷馬車にガタゴト揺られ、ふたりは思い出深い夏祭りへ向かっていた。去年は王城前の広場に寄ったが、今年はそのまま東のはずれへ直行する。

「あんたたち、新しいお妃さまには会ったのかい」

歌が途切れ、男が肩越しに少しだけ振り向いて言った。視線はすぐに前へ戻る。

質問にはエドラントが答えた。

「遠くから拝見しただけだ。どうだい、町での評判は……」

「そりゃ、もう、すごい騒ぎだよ。とびきりの美人だっていうだろう」

「広場に行かなかったのか？」

「入れるもんじゃないよ。凄い数が集まったんだからなぁ。エアテリエから来たのもずいぶんといて、通行証で優先して入れていたよ。まぁ、仕方がないね。なんてたって、王さま同士の結婚だ。いやぁ、考えたもんだと思うよ。さすが、エドラントさまだ」

嬉しそうに声を弾ませる男は、乗客がまさにそのふたりだとは気づきもしない。

エドラントの正妃となったゼファは、イルリ・ローネの後宮に住まいを移した。いまはエドラントも同室で寝起きしている。

エアテリエの王宮にはアテームがいて、普段の政務は彼と後見人がこなしていた。

ゼファも十日に一度は帰る約束だが、まだ一度しか帰国していない。特に問題は起こらないだろう。ふたりの王が婚姻を結んだことをきっかけとして、両国は共同議会を設立したのだ。

今後は、エアテリエの農業技術がイルリ・ローネに広まり、イルリ・ローネからは養蚕と生糸の生産工場が広がっていくことになる。それらはミスカギートによって買い上げられ、大陸へと輸出されていく。

三国はこれまで通りに独立を保ちながら、経済の連携を強めた同盟関係を構築するのだ。

「エドラントさまがお幸せなら、これ以上のことはない。イルリ・ローネは安泰だ」

男に言われ、エドラントがゼファを見た。温かく優しい眼差しに微笑みを返し、ゼファは男の背中へ声をかける。

「香油を買いたいので、案内してもらえますか」

「いいとも、いいとも。とっておきの行商を教えてやるよ」

陽気に請け負った男は、去年と同じ行商のところまでふたりを案内してくれた。

場所が変わっているとエドラントから教えられたが、町に不案内なゼファにはわからない。

しかし、品物は同じだった。店番の男女も変わらない。

ふたりもまた、国王と王妃には気づかなかった。似顔絵が出回っているはずだが、衣装が代われば印象も変わる。まるきりの観光客として扱われるのは気が楽だ。お忍びで出てきた甲斐がある。

今年も荷車の屋台には小瓶がずらりと並んでいた。小さな添え書きも同じだ。目当てのものを探して視線を巡らせるゼファの隣に、エドラントが寄り添う。

「これをお勧めしますよ」

身体の大きな男が腕を伸ばした。剥き出しになった筋肉が山の連なりのように盛りあがっている。男が勧めてくる小瓶こそ、ゼファが探していた『愛の妙薬』という名の香油だ。

「男にも女にも、どんな相手にだって効く惚れ薬だからね」

そう言って、ゼファを振り向き、隣のエドラントと見比べる。男はなぜか頬をゆるめた。こそっと声を潜める。

「夫婦の寝床に垂らすと、さらにいい」

ゼファとエドラントの正体を理解したわけではないだろう。ふたりの雰囲気を見て、男同士のカップルだと思ったのだ。

「結婚しているように見えるかな」

エドラントが笑いながら尋ねたのは、去年のふたりが兄妹に見られていたからだ。

「までしたか」

男が慌ててふたりを見比べる。

「まんざらでもないなら、試してごらんなさいよ。夏祭りなんだし」

先客の相手を終えた女が勢いよく話に入ってきた。

「なんだって、それからよ！　あたしだって、初めは、こんな筋肉ばっかりの男はどうかしらと思ったけどさ。まぁ、物事は成り行きなのよ」

「こっちだって、そうさ」

男が負けじと言い返したが、どう見ても勝敗は決している。

女は腰に手を当て、胸をそらした。

「でも、良かったでしょう。文句なんて、ないでしょう？」

「ま、まぁ、なぁ……」

ぐいぐい詰め寄られ、男の顔が真っ赤になる。

ゼファは笑いながらエドラントを見上げた。

「これを買います」

声をかけると、小さくうなずきが返った。ゼファの探していた香油だと悟った表情で金を支払う。

小瓶を手早く包んだ女は、豪快に笑いながら、エドラントの肩を何度も叩いた。

「あんたがしっかり押してやらなきゃならないよ。あんただって美形だけど、こんなにきれいに笑う美人は女にも少ないんだから」

ささやいているつもりだろうが、すべて筒抜けだ。エドラントは真面目ぶってうなずき、包みを受け取って屋台を離れる。

「本当に、これを探していたのか？」

エドラントに問われ、ゼファは大きくうなずいた。

「そうですよ。去年はまだダメだと言われて……。不思議ですね」

屋台通りの人出は多く、去年よりも盛況に見える。ふと視線を上げると、家から家へと渡された紐に国旗が見えた。イルリ・ローネの国旗だけでなく、エアテリエの国旗も交互に並んでいる。

笑い声があちらこちらから飛び交い、前から来る人々はみんな笑顔だ。遠くから楽団の音色が聞こえてくるのを懐かしい気持ちで聴きながら、ゼファは肩を抱かれた。

人の波をうまくかわしながら、屋台を横目に見て歩く。しばらく行って、通りを横にそれた。

「今日は暑いな。飲み物を探そうか」

エドラントの指にあご裏を撫でられ、顔色を覗き込まれる。熱気にあてられてはいないかと心配しているのだ。

「うん。喉が渇(かわ)いた」

ゼファは素直にうなずき、エドラントの指を両手で包む。軽くくちびるを交わし合い、踵を返す。

「公園にならと確実に炭酸水の屋台が出ているはずだ」

人出の多い屋台通りへ戻る気にはなれない。促されて歩き出したゼファは、袖に引っかかりを覚えて振り向いた。

なにかに引っかけたかと思ったのだ。しかし、どこにも引っかかってはいなかった。

ゼファの袖を引いていたのは少女だ。パッと手が離れる。その後ろには母親らしき女が立っていて、ふたりに向かって頭を下げた。

「花かごの少女だな」

ゼファの腰に手を回していたエドラントが身を屈めた。長い髪を左右に分けて編みおろした少女の頬が真っ赤に上気する。こくんこくんと、人形のようにうなずく姿が愛らしい。

少女の背に立つ女が言った。

「去年、この子の花かごを買い取ってくださったそうで、ありがとうございます」

腕に花かごが見え、ゼファもようやく花売りの少女を思い出した。忘れていたわけではない。

一年前はもっと幼く見えていたのだ。

「王さまと王妃さまでしょう……！」

せいいっぱいひそめた声で、少女が言う。

「あ、これ。やめなさい」

女が驚いて口を塞いだ。その手をもぎ取り、少女は飛び上がる勢いで肩をすくめた。

「間違いないわよ、母さん。だって、似顔絵とそっくりじゃない」

「まぁ、あんたって子は……。申し訳ありません。子どもの言うことですから」

「間違いないわ！　去年もね、エドラントさまに違いないって、思っていたの」

少女の瞳は夏の太陽よりも輝き、まっすぐにエドラントを見た。尊敬と憧憬、そして深い愛情の色が滲む。イルリ・ローネの国民として、彼女は自国の王を愛しているのだ。

エドラントは自分のくちびるの前にそっと人差し指を立てた。

それから、シャツの中に隠していたコイン型のネックレスを、そっと母親に見せて戻す。大人には、その意味がわかる。城下に出た国王が、自らの身分を示すもので、悪用することは絶対に許されない。

「あぁ……」

崩れ落ちそうになる母親の身体を、近くにいたゼファが支えた。

「しっかり……」

声をかけて励ますと、青い顔でうつむいてしまう。

「わたし、いけないことをした？」

少女までもが泣き出しそうになる。

「驚かせてしまっただけだよ」

ゼファが微笑みかけると、少女は安心したようにあどけない笑みを浮かべた。

「今年も髪を飾ってもいい？　だれにも言わないから」

「そうしてもらおうかな」

ゼファの答えを聞くなり、少女の頬に満面の笑みが弾けた。あまりにも嬉しそうに笑うので、崩れ落ちそうだった母親までもがつられて笑顔になる。

「ありがとうございます」

深々とお礼を言っているうちから、少女に花かごを取られてしまう。ゼファの代わりにエドラントが母親を支え、飛び跳ねるような少女に従って見知らぬ家の前へ移動した。階段へ腰をおろす。

「何色がいいかしら」

ゼファの後ろへ座った少女が声を弾ませる。

「ゼファには淡い紫がよく似合う」

少女の母親をゼファの隣に座らせたエドラントが花かごを覗いた。

「それから、そこの薄い赤」

言いながら、少女の隣に腰掛ける。

「去年は注文がなかったわ」

嫌がるでもなく、少女は笑う。花の色に注文がついても、飾るのは彼女の手腕だ。

「一年経って、相手のことをよく知ったんだ」

エドラントが答えると、少女はしみじみとうなずいた。

「素敵だわ。私はふたりが愛し合い始めた頃を見ていたのね」

それを聞いた少女の母親はかすかに肩を揺らして笑う。

「お姫さまに憧れているんですよ」

目を伏せたままゼファに言う。

「夢と憧れを持てるのは、健やかな成長の証しですね」

穏やかに答えて、ゼファも目を伏せた。

去年のいま頃、ゼファは恋をしていたのだ。まだ気持ちは淡く、叶う叶わない以前の話だった。こんな結末が待っているなんて、思いもしなかったのは、夢も憧れも形を作っていなかったからだ。

髪飾りの支払いをしっかりと済ませ、親子に見送られたふたりは公園へ足を向けた。

陽差しは強いが、人の波を避ければ横風が吹く。

その道すがらにも、エドラントは髪に飾った花の匂いを確かめた。

「いい匂いだ」

「そんなに近づかないで」

恥ずかしくなって顔を背けると、頬が熱くなる。エドラントがそばにいるだけで、ゼファの

気持ちは温かい。寄り添えばいっそう安らぎ、抱き寄せられると欲情が加わって、たまらないほどの愛しさを感じる。

公園脇のワゴンで飲み物を買い、喉を潤してまた歩き出す。行くあてはないが、一緒にいられるだけで嬉しいふたりだ。

公園に沿って作られた散歩道を歩いていると、前から恋人同士がやってきた。エドラントに腰を抱かれ、ゼファは彼の胸へ手を添える。道を譲り、改めて歩き出す。

「去年は、このあたりで」

エドラントを見上げて言ったゼファは、耳を澄ました。

このあたりで、休日を謳歌する親衛隊の隊員が噂話をしていたのだ。しかし、今年はなにも聞こえてこない。

「おまえを褒める噂話は、嫉妬してしまいそうだ」

「そんな話じゃないかも。悪口だってありえる」

ゼファが首を傾げると、エドラントは大げさに驚いてみせる。

「おまえを悪く言う人間がいるなら、会ってみたいものだ」

「……また、そんなことを……」

口ではつれなく言ったが、胸の奥は甘酸っぱく痺れた。

ゼファは気を取り直して、恋しい男を見つめる。

大陽の光を集めて輝く白い花のようにかぐわしい微笑みを浮かべ、抱えきれないほどの幸福をエドラントへ差し出しながら、身を寄せた。

親衛隊は、リルカシュとして後宮入りした女性オメガが、実はゼファだったと知っている。だからこそ、もう噂話をすることはない。

淫心の王が自らの手で引き寄せた幸運を、その身に一番近しい家臣として喜んでいるからだ。

そして、もうひとつ。ゼファの身辺を護衛するためにやってきたローマンを恐れていた。腕っぷしの強さはイルリ・ローネの親衛隊に勝るとも劣らず、すでにめきめきと頭角を現しつつある。

「ゼファ」

抱き寄せられ、男の指が頬を撫でる。そっと優しく宝物を確かめるような仕草に、ゼファは目を細めた。エドラントのくちびるが、あどけない仕草で額へ押し当てられる。

ゼファは、改めてくちびるを寄せた。重ねる前に笑みをこぼし、つがい相手の凛々しい顔を見つめ直す。

すると、いっそう心が引き寄せられ、幸福が身の内で甘く弾け出す。

ゼファにつられて笑うエドラントの心の内を、だれよりも知っていると思った。

孤独も愛情も、底知れぬ淫心の果ての情欲も。

彼のすべては、ゼファのものだ。

ゼファが見つけて選び出した、たったひとりの愛しいつがい。

エドラントの手をギュッと握っておろし、ゼファはつま先立って彼にくちづける。

爽やかな風が吹いて、髪に散らした花が香った。

汗ばんだエドラントの指先が、ゼファの指を握り返す。

「私は、幸福だ。この世の中のだれよりも。……ありがとう、ゼファ」

その瞳は孤独を忘れ、ふたりで生きる喜びに溢れている。

ゼファは笑う。ふたりの感じる喜びと幸福が、ふたりの国で暮らす国民すべてに降り注ぐように願って笑う。

「わたしも、あなたでよかった。ありがとう、エドラント」

もう一度くちびるを重ねる。

すると、ふたりのそばにある低木の陰から、親衛隊たちがひょっこりと顔を出した。

だれも声を出さず、エドラントとゼファも気づかない。彼らはくちびるの前に指を立て、道行く人にも静寂を求める。

楽団が奏でる陽気な音楽が、緑きらめく美しい景色を包んでいた。


【終わり】

そよかぜ

朝露に濡れる庭が見たいとゼファにねだられ、望むことをすべて叶えてやりたいと願うエドラントは散歩に出てきた。

早朝の日差しは、森の木々の合間から差し込み、黄金色の帯になって地面に着く。朝風はそよ吹き、森の呼吸で空気が揺らぐ。緑葉の匂いに、朝咲きの花が香っていた。

エドラントは半歩前を歩くゼファを目で追い、不安げに眉を曇らせた。濡れた下草が足元を濡らし、心地よくはあるが滑りそうで心配だ。

ゼファは少し歩くと足を止め、腰を反らせながら深く息を吐き出した。ぞろりとした長着の裾は前と後ろで長さが違い、前が短くなっている。せり出した腹が持ちあげているからだ。

いよいよ初産の臨月が近づき、重みは相当のものになっている。

よく歩くようにと医師は微笑んだが、なにをさせるにもエドラントは心配でならなかった。ゼファは体つきが華奢で、腰も細い。出産に向けて骨盤は開いたものの、産道が機能するかどうかは出産直前までわからないのだ。

「また、難しい顔をして」

振り向いたゼファに笑われ、エドラントは眉根を引き絞った。

「足元が濡れるから、戻ることにしよう」

「嫌です。これぐらいが、ちょうどいい。なんだか、ここのところ、暑くてたまらないんです」

「熱が出ているんじゃないのか」

慌てて近づくと、ゼファの手がシャツの胸元に押し当たった。

「心配しすぎですよ」

そう言いながらも、エドラントの手を額に受ける。おかしそうに笑うゼファの額や頬を押さえ、エドラントは細く息を吐いた。

「少し、熱がこもっているようだ」

「……そういうものだそうです。ここに、もうひとり入っているのですから、ふたり分の暑さなんでしょう」

「部屋に戻って、足を冷やそう」

「冷えすぎてしまいます。それに、よく歩くようにと言われているじゃないですか。エドラント、そんな顔をしないで。あなたが産むわけでもないのに」

「だからこそだ。子どもが生まれることは心から嬉しい。けれど、おまえにこんな大変なことをさせているのかと思うと……」

両手で頬を包み、指先で肌を撫でる。ゼファはうっとりと目を細め、エドラントの手にもたれかかった。

「あなたのためだから、するんです。自分のためだけなら後悔しています」

「やはり、つらいことなんだな」

「……優しいですね」

ゼファがつま先立とうとするので、エドラントは先に腰を屈めた。くちびるがそっと触れ合う。ゼファは何度もくちびるをついばみ、微笑んでまた押しつける。

「お腹が重くて、腰が痛くて、不安もたくさんあります。でも、これがあなたの仕事でなくて良かったと思います。だから、オメガに生まれて良かった」

「ゼファ……」

「どうぞ、いまのまま、ずっと優しくしてください。まだ初めての子ですから」

「もちろんだ。……あぁ、ゼファ」

エドラントはしみじみとゼファを見た。

長い髪をした美しい妻は、王妃でありながら一国の王だ。その微笑みは慈悲深く、生命の神秘を宿して気高い。

世界中の幸運を掻き集めても、ゼファを選び、ゼファに選ばれた幸運には勝てないだろう。

「歩きましょう」

ゼファの手が、エドラントの肘を掴んだ。

「これなら、心配ないでしょう。気をつけて歩きますから」

「くれぐれも慎重に」

そう答えて、ゆっくりと歩を進める。中庭の森は静かだ。小鳥が鳴き、小動物が駆けて、小川のせせらぎが涼しげな音をさせる。

「名前を考えないといけないな」

注意深く歩きながら、ゼファの横顔を盗み見る。どんな表情も余すことなく美しいのは、そう思える心が自分の中にあるからだと知っていた。


晒でぎゅっと押さえた腹をさすり、ゼファは窓際の長椅子へ近づく。昼寝用の幅広いもので、日差しを遮るレースが近くでそよ風に揺らされている。心地のいい風に身を任せ、エドラントが横たわっていた。

枕元から覗き込み、そっと髪に触れる。艶やかな黒髪だ。そして寝顔は穏やかに見えた。ゼファは微笑み、屈みながらこめかみに口づける。

健やかな寝息はふたつ聞こえ、ひとつは大きく、ひとつは小さい。

エドラントの腕で守られるように囲い込まれ、赤ん坊も眠っていた。父親譲りの黒髪は愛らしいカーブを描き、だれもがエドラントにそっくりだと褒めそやす。

そのたびにエドラントは平然とした微笑みを返すのだが、心の中では大いに喜んでいることをゼファは知っている。

そして、昼には赤ん坊に添い寝をして、夜はゼファを抱いて離さない。

出産前と変わらぬ情熱を思い出し、ゼファはせつなく目を伏せた。もう一度、エドラントにくちづけをして、小さな我が子にもくちづける。

「……ゼファ、くちびるにしてくれ」

目を閉じたままのエドラントが仰向けに転がった。起きているのか、寝ぼけているのか、よくわからない。

ゼファは身を乗り出した。長い髪が肩から流れ落ちて、ふたりを包む。ひとしきりのくちづけのあとで身体を起こすと、赤ん坊と目が合った。

ゼファはひっそりと笑って、くちびるの前に指先を立てる。

窓辺にとまった小鳥が鳴き、そよ風がレースをなびかせた。

あとがき

こんにちは、高月紅葉です。

今回のテーマは、オメガバース&王族。以前に書いた『アルファの淫欲、オメガの発情』が冬の国の物語で雰囲気も暗かったため、今度は爽やかな初夏をイメージしました。

そして、あれこれ詰め込んでしまい、ボリュームが……。長い物語ですが、主人公の成長と合わせて爽やかな溺愛を楽しんでいただけたら幸いです。

この作品を書いた２０２０年は実に不思議な年でした。あっという間に日々が過ぎて、小説を書いていたという記憶しかありません。人と会う予定が立てられなかったからだと思うのですが、おかげさまで過度の不安に駆られることなく過ごせました。

この本が出る頃も、まだコロナ禍の最中にあると思うのですが、皆さんの心が物語によって癒やされ、現実を温かく肯定的に受け止める一助となるように願います。ここから動けないと思うと苦しいのですが、心だけはあっちにもこっちにも自由に動けますから、物語への旅を楽しんでください。そして、エロスで免疫力あげていきましょう。

最後になりましたが、この本の出版に関わった方々と、読んでくださったあなたに、心からのお礼を申し上げます。また次も、お目にかかれますように。

高月紅葉

初出一覧

ダリア文庫をお買い上げいただきましてありがとうございます。
この本を読んでのご意見・ご感想・ファンレターをお待ちしております。

〒170-0013 東京都豊島区東池袋3-22-17　東池袋セントラルプレイス5F
(株)フロンティアワークス　ダリア編集部
感想係、または「高月紅葉先生」「笠井あゆみ先生」係

この本のアンケートはコチラ！

http://www.fwinc.jp/daria/enq/
※アクセスの際にはパケット通信料が発生致します。

淫心 -身代わりオメガは愛に濡れる-

2021年1月20日　第一刷発行

著　者 ——— 高月紅葉

発行者 ——— 辻 政英

発行所 ——— 株式会社フロンティアワークス
〒170-0013 東京都豊島区東池袋3-22-17
東池袋セントラルプレイス5F
営業　TEL 03-5957-1030
編集　TEL 03-5957-1044
http://www.fwinc.jp/daria/

印刷所 ——— 中央精版印刷株式会社